Windjammer

Das Tagebuch des Evan LaCour

2. Auflage April 2019

© Tessa Millard
Covergestaltung: Theresa Möller
Korrektorat: Stefanie Konetzka

Impressum
Theresa Möller, Weidenberg 18, 98704 Wolfsberg
tessa@tessa-millard.de

Herstellung und Verlag:
BoD – Books on Demand, Norderstedt
ISBN: 978-3746010120

15 novembre 1723

Die morsche Holztüre schlägt krachend gegen die Hauswand. Dahinter erscheint ein gebückter Mann, der uns aus seinen triefenden Augen anglotzt. Die strähnigen, grauen Haare hängen ihm über das Gesicht. Wir müssen uns in der Tür geirrt haben. Die Ureinwohner der Neuen Welt betreiben doch keine Gasthäuser! Mein Freund Lenny sieht das allerdings anders.

«Monsieur Giroux, schön wieder hier zu sein. Habt Ihr noch ein Zimmer für uns frei?»

«Oder zwei?», füge ich rasch hinzu.

Lenny und ich sind an Bord immer gut ausgekommen. Ich konnte von ihm mehr lernen, als mein Hauslehrer mir in fünf Jahren Unterricht hätte beibringen können. Viele der anderen Matrosen kenne ich bis heute kaum. Einen Freund wie ihn an meiner Seite zu wissen, war mir ein großer Trost in den unzähligen Momenten der Einsamkeit. Seit Beginn meiner Unternehmung hatten unsere Kojen nebeneinandergelegen. Aber nach monatelanger Reise auf See ziehe ich es vor, ein Zimmer wieder für mich allein zu beziehen. Abgesehen davon, dass ich dieses Schnarchen keinen Tag länger ertrage.

Den Greis kümmert Lennys Wiedersehensfreude nicht im Geringsten. Er mustert uns unbeeindruckt, geradezu misstrauisch, als wollten wir ihm Knöpfe an der Tür verkaufen. An Lenny scheint er sich jedenfalls nicht erinnern zu können.

Hätte ich mich bloß selbst um eine Unterkunft gekümmert! Suchend schaue ich umher, versuche irgendeinen Hinweis zu finden, dass wir uns doch geirrt haben und dieses heruntergekommene Häuschen nicht unsere Bleibe ist. Aber ich werde enttäuscht. Über der Tür prangt auf einer von Eiskristallen überzogenen Holzplanke der Schriftzug «Gasthaus zum Wütenden Bären». Darunter ist ein Spruch eingraviert. Der Blüte Schuld auf ewig dein, helfen kann der Bär allein.

Der Blick des Wirtes verweilt unterdessen auf meinem Gesicht. Zu lang wie ich finde. Der Druck meiner aufeinandergepressten Zähne schmerzt in meinem Kiefer. Ich erkenne ein Funkeln in seinen trüben Augen, ein Aufleuchten. Es scheint, als hebt sich der verklärte Schleier, welcher die Visage des Mannes zu einer grauen Maske werden lässt, für den Bruchteil einer Sekunde an. Dieser Blick erinnert mich an meinen Vater. Dasselbe Funkeln. Die einzige Gefühlsregung, die man ihm stets ansehen konnte. Wenn ich ehrlich sein soll, verbinde ich damit nichts Gutes. Mir jagt ein eiskalter Schauder über den Rücken. Und das liegt nicht an den böigen Sturmwinden, die um uns herumwirbeln und zumindest mir das Gefühl geben bei lebendigem Leibe zu Eis zu erstarren.

Der alte Mann stampft den krüppeligen Gehstock energisch auf den Boden. Mein Herz zieht sich vor Schreck schmerzhaft zusammen. Wie zum Gruß legt er zwei Finger an die Krempe seines ausgefransten Hutes. Dann dreht er sich knurrend auf dem Absatz herum und verschwindet im Dunkel der Gaststube. Lenny deutet diese Reaktion als Einladung und spaziert beschwingten Schrittes hinter ihm her.

Das beste Gasthaus im Ort. Das hatte Lenny gesagt. Wenn wir uns nicht beeilten, bekämen wir kein Zimmer mehr. Wie ein Verrückter ist er den Berg hinaufgerannt. Für mich ist es inzwischen zur Gewohnheit geworden, ihm nachzulaufen. Auch um ihn von allzu dummen Streichen abzuhalten. Aber wenn ich mir das Ambiente dieses besten Gasthauses betrachte, wird es höchste Zeit diese Marotte abzulegen. Selbst wenn sich im Inneren des Schuppens ein Palast verbirgt, kommt mir die Sache komisch vor.

Trotzdem bleibt mir nichts anderes übrig. Ich übertrete die Schwelle und werde augenblicklich von überraschend wohliger Wärme umhüllt. Ich brauche diese Unterkunft. Meine Glieder erwachen aus ihrer eisigen Starre. Mich durchfährt ein aufgeregtes Kribbeln und der Schmerz meiner tauben Extremitäten rückt in den Hintergrund. Der großzügige Raum mit seinen verschiedenen Sitzgruppen zeugt von gutem Betrieb, gleichwohl in diesem Moment nur zwei Tische in einer Ecke besetzt sind. Die Männer werfen uns neugierige Blicke zu. Von den niedrigen Decken baumeln gusseiserne Leuchter. Am Ende ihrer Arme brennen weiße, von Wachs umwucherte Kerzen. Durch die kleinen Buntglasfenster dringt kaum noch Licht. Die Sonne steht schon zu tief. Doch trotz der hereinbrechenden Dunkelheit erkenne ich eine Ratte über den Boden flitzen. Sie verschwindet unter einer Sitzbank. In mir wächst die Hoffnung, dass ich hier kein Vermögen für ein Zimmer zahlen muss.

Der alte Mann verschwindet mit schlurfenden Schritten in einem Hinterzimmer. Der Knall der Tür lässt mich zusammenfahren. Das kann nicht einmal Lenny falsch verstehen.

«Dann warten wir mal ab, Parvenu», verkündet er mit breitem Grinsen im Gesicht und lädt seine Sachen auf einer der Holzbänke ab.

Es stört mich, dass er mich immer noch so nennt. Den Namen haben sie mir am ersten Tag an Bord verpasst. Als echter Seemann bräuchte man einen ordentlichen Spitznamen. Weil ich aber nie in ihre Gesellschaft passte und nie passen würde, das hatten sie schnell begriffen, nannten sie mich Parvenu, der Emporkömmling. Auch gern eine Bezeichnung für jemanden, der sich in seinen neuen Kreisen nicht zurechtfindet. Inzwischen mache ich mich aber ganz gut, wie ich finde.

«Uns bleibt wohl nichts anderes übrig», murmele ich und betrachte die dicke Staubschicht auf dem Kaminsims.

«Habe ich erwähnt, dass die Bewirtung hier ausgezeichnet ist?»

In etwa fünf Mal. Nur hat das aus Lennys Mund nichts zu sagen. Im letzten Hafen hat er im Vorhof eines Herrenhauses kampiert. Dort war die Bewirtung, die daraus bestand, dass er täglich den Bürgern das Brot von den Tellern stahl, nach seiner Meinung auch nicht schlecht.

«Tut mir leid, dass ihr warten musstet», entschuldigt sich jemand.

«Keine Ursache, Gwen», trällert Lenny.

Ich wende mühsam meinen Blick vom Feuer ab. Durch eine hölzerne Schwingtür spaziert ein Mädchen in die Gaststube. Ihr folgt ein monströses Etwas von einem pechschwarzen Hund. Ich spüre augenblicklich die altbekannte Gänsehaut im Nacken. Direkt am Haaransatz.

«Lenny.» Das Mädchen stockt kurz in seinem Lauf, doch der leidenschaftlichen Umarmung entkommt es nicht. Zögerlich legt es die Arme um Lennys Schultern.

«Schön, dich wiederzusehen, Gwen», strahlt mein Freund dagegen und entlässt sie, offensichtlich widerwillig, aus seinem Griff.

Sie wendet sich sogleich von ihm ab und streckt mir ihre Hand entgegen. Ich ergreife sie, doch statt sie ebenfalls zu schütteln, starrt das Mädchen mir nur unverhohlen ins Gesicht. Ihre aufgerissenen Augen tanzen über meine Züge. Ich kann erkennen, wie sich ihre Kiefer aufeinanderpressen und ihre linke Augenbraue von einem kurzen Zucken erfasst wird. Sie sieht aus, als wäre ein Blitz von meiner Hand in ihre gefahren, der ihr jede Regung unmöglich macht. Lenny räuspert sich betont. Das Mädchen fährt erschrocken zusammen und lässt dabei meine Hand los. Flink bewegt sie sich hinter den Tresen. Sie schiebt ein paar Krüge beiseite und streicht die fleckige Schürze glatt.

«Was kann ich für euch tun?», fragt sie dann geschwind und mit erstaunlich tiefer Stimme.

Der Hund nähert sich mir derweilen bis auf zwei Schritte und streckt die Schnauze nach vorn. Sein Maul zuckt unkontrolliert. Er bleckt die Zähne. Die tiefschwarzen Augen halten mich fest im Visier. Mein Puls pocht drohend gegen meine Schläfe. Auch mein Atem beschleunigt sich sofort. Ich habe den Ausschank im Rücken. Links und rechts stehen

Stühle und Tische. Vor ihm davonzulaufen wäre aussichtslos. Das Vieh ist so auf mich fokussiert, dass es Lenny keinerlei Beachtung schenkt.

«Mein Freund Evan und ich sind auf der Suche nach einer Unterkunft für den Winter», verkündet Lenny gegen den Tresen gelehnt.

Mühsam richte ich meine Aufmerksamkeit wieder auf das Hausmädchen. Wenn ich mich nur stark genug auf sie konzentriere, vergesse ich vielleicht, dass dieser Köter mir jeden Moment in den Rücken springt. Ihr schwarzes Haar liegt in einem dicken Zopf über ihrer Schulter. Es hat exakt die gleiche Farbe wie das Fell des Hundes. Mit einem Stück Stoff hat sie das Flechtwerk zusammengebunden. Von ihren Ohren baumeln aquamarinblaue Ohrringe herunter. Sie sehen teuer aus. Das Monstrum schmatzt geräuschvoll.

«Ich habe dir doch gesagt, dass wir nur noch Stammgäste aufnehmen können», entgegnet sie, mustert mich einen Moment lang durchdringend und lässt mich daran zweifeln, dass sie es ehrlich meint. «Ich kann da nichts machen.»

«Ach, komm schon, Gwen», bettelt Lenny und beugt sich weit über den Tresen. «Lass mich nicht hängen. Ich habe es ihm versprochen.»

Wie aufs Stichwort poltert der Greis aus seinem Kämmerlein. Mit pochendem Gehstockgeklapper hinkt er zu uns herüber.

«Es tut mir leid, Lenny. Wir haben keinen Platz für ihn.» Ihre Stimme ist nur noch ein Zischen. Sie spricht schnell und nur an Lenny gewandt, aber ich kann sie dennoch deutlich verstehen.

Die Wärme dieser Stube weicht von mir. Mich umfängt eine trügerische Kälte, nur ein Lufthauch, wie eisige Zugluft, die einen behaglichen Raum zu einem ungemütlichen Ort werden lässt.

«Probleme?», mischt sich der Greis ein.

Gwen senkt den Kopf, lässt den Alten jedoch nicht aus den Augen.

«Sie sagt, es gibt nur noch ein Zimmer für mich, aber er braucht auch eins», jammert Lenny und deutet auf mich.

«Tatsächlich?» Der Wirt nickt und stapft hinter den Ausschank. Er blickt das Mädchen scharf an, das nun die Lippen aufeinanderpresst und ergeben den Kopf senkt. Dann packt er sie im Nacken. «Willst du etwa diesem Gast ein Zimmer verwehren?», knirscht er. Mit roher Gewalt drückt er ihren Kopf nach unten.

Ich umklammere den Träger meines Gepäcks. Meine Hand wird heiß von dem Druck. Soviel Kraft habe ich dem gebrechlichen Wirt nicht zugetraut. Mit weiß anlaufenden Fingerkuppen drückt er das Mädchen nieder.

«Natürlich nicht», ächzt dieses, als er es schüttelt.

«Schon gut», höre ich mich sagen. «Kein Grund zur Aufregung. Ich kann mir ein anderes ...»

«Aber nicht doch!» Monsieur Giroux stößt das Mädchen von sich. Ihre Stirn kommt dem Holzbalken in der Mitte des Ausschanks beunruhigend nahe, doch sie kann sich abfangen. «Wir haben genug Platz für alle. Du kriegst das Eckzimmer», beschließt der Wirt und rempelt Gwen in die Seite.

Sie holt ein Buch unter dem Tresen hervor. Der Alte beobachtet sie genau. Brav schlägt sie es auf und blättert zur richtigen Stelle. Sie braucht eine gefühlte Ewigkeit dafür. Dann kritzelt Lenny routiniert sein Signum in die passende Spalte des Gästebuchs. Er schiebt es herüber und reicht mir das Schreibzeug. Ich setze die Mine an. Mein Blick wandert zu Lenny, der voller Vorfreude mit den Fingern auf den Tresen trommelt. Monsieur Giroux schaut kaum weniger erwartungsvoll. Nur das Mädchen wendet sich sofort ab, als ich es ansehe. Mit einem Seufzen schreibe ich meinen vollen Namen zu Papier: Evan LaCour.

«Vorzüglich», flötet Lenny und schlägt mir mit einem breiten Grinsen im Gesicht auf die Schulter.

«Aye», stimme ich abwesend zu und beobachte Gwen, wie sie mit ungerührter Miene zuerst unsere Zeilen überfliegt, das Buch beiseitelegt und dann hinter dem Tresen hervorkommt.

Immerhin sind es zwei Kammern.

Wortlos macht sie sich auf den Weg zu einer breiten Treppe am hinteren Ende des Gastraumes. Und während Monsieur Giroux sie akribisch beobachtet, zwinkert Lenny mir vielsagend zu und folgt ihr auf dem Fuße. Ich richte mein Gepäck auf der Schulter. Das schwarze Monstrum knurrt mich drohend an.

Ich hatte noch nie ein besonders großes Herz für Hunde. Wenn diese forschenden Augen mich ansehen, fühle ich mich immer an den Wachhund meines Vaters erinnert. Das Vieh hatte keinen Namen, durfte er nicht, denn mein Vater meinte, dass Namen für Tiere dem Tier eine freundschaftliche Basis verschaffen würden und Tiere waren keine Freunde. Sie waren Mittel zum Zweck und im Falle meiner Familie bestens dafür geeignet, sie dem Sohn auf den Hals zu hetzen. Ihn mit den Pfoten auf der Brust und dem Speichel im Gesicht daran zu erinnern, dass Interessen der Familie bedingungslosen Vorrang vor den eigenen hatten.

«Jetzt komm schon. Mademoiselle wartet!», drängelt Lenny ungeduldig mit dem Fuß klopfend.

Der Köter knurrt mich noch immer energisch an. Ich haste in großen Schritten hinüber zur Treppe, bevor ich mir weitere Gedanken um seine Zähne machen kann. Beim Erklimmen der ersten Stufen fühlt es sich an, als konnte ich mich auf einem Baum in Sicherheit bringen.

Die Dielen knarren gefährlich unter unseren Schritten. Mir scheint, eine würde unter meinem Gewicht nachgeben. Gwen stößt am oberen Ende der Treppe eine Tür auf und führt uns einen dunklen Flur entlang. Es ist so eisig, dass sich kleine Atemwolken vor meinem Gesicht bilden. Die Kälte kriecht zurück in meine Knochen. Vorsichtshalber werfe ich einen Blick zurück. Der Hund kauert am Fuß der Treppe. Er bellt noch ein Mal, macht aber keine Anstalten uns zu folgen.

«Die Zimmer sind beide gleich. Ihr könnt unter euch ausmachen, wer welches nimmt», meint das Mädchen und deutet auf zwei offene Türen.

Ich werfe einen Blick in die kleine Kammer. Sie ist recht zufriedenstellend. Ein einfaches Bett, zwei Stühle, ein Tisch. Dazu noch eine Waschschüssel, Kerzen und eine Laterne. Alles in allem in etwa so gemütlich wie an Bord der Albatros.

Mein Gepäck wandert auf den klapprigen Stuhl. Das Fenster hinter dem Bett ist niedrig und das trübe Glas von unzähligen Unregelmäßigkeiten verzerrt. Ich muss mich ein wenig bücken, um heraussehen zu können. Doch die Eisblumen behindern die Sicht ohnehin.

«In der Küche ist warmes Wasser», erklärt Gwen in abgehackt gesprochenem Französisch. «Vielleicht gibt er euch auch eine Karte für das Badehaus.»

Wieso hat sie gelogen? Was ist mit ihr passiert, als ich ihr die Hand gab?

«Es gibt ein Badehaus?», frage ich aufgeschlossen.

«Ein paar Straßen weiter. Gäste des Hauses haben vergünstigten Eintritt.»

Ich nicke verständig.

«Verstehe», bekomme ich unter ihrem Blick heraus. Mehr nicht.

Sie ist ein hübsches Mädchen. Vielleicht siebzehn. Auf keinen Fall älter als ich selbst. Ihre außergewöhnlich dunkle Haut und das pechschwarze Haar verleihen ihr etwas Imposantes. Ihre ungewöhnlich blauen Augen betrachten mich aus schmalen Formen heraus. Sie hat etwas Exotisches an sich, weil sie so vollkommen nicht-europäisch aussieht. Und zugleich wirkt sie mit den unter der Schürze vergrabenen Händen absolut unnahbar.

«Frühstück gibt es um acht, Mittag um zwölf und Abendessen um sechs», rattert sie ihren Text herunter und macht auf dem Absatz ihrer abgewetzten Stiefel kehrt.

Ob der alte Giroux immer so ist? Oder hat er nur ausgerechnet heute einen schlechten Tag? Ich schiebe den Gedanken beiseite. Wir waren an vielen Orten dieser Welt und überall habe ich Frauen gesehen, die leiden mussten. Und viele mussten mehr leiden als dieses Mädchen.

«Und was den Hund angeht ...» Erschrocken fahre ich herum. Gwen lugt erneut in die Kammer. «Den solltest du besser meiden. Er mag keine Fremden.»

Sie setzt ein gespieltes Grinsen auf. Ich nicke zaghaft. Was sie nicht sagt? Ich vergrabe die Hände in den Taschen. Welchen Aspekt kann Gwen so furchtbar an mir finden, dass sie mich hier nicht haben will? Bevor ich darüber nachdenken kann, lehnt sich Lenny selig grinsend um den Türrahmen. Voll vorfreudiger Aufregung posaunt er heraus: «Willkommen in Saint Harbour! Und auf einen langen Winter!»

«Kennt ihr euch schon länger?», frage ich Lenny flüsternd und deute mit einem leichten Kopfnicken in Gwens Richtung.

Sie ist hinter dem Tresen zugange und abgesehen von Lenny und mir die einzige Person in der Gaststube. Lenny verschlingt unterdessen gierig seine dampfende Fischsuppe.

«Seit einigen Jahren», antwortet er hastig, bevor er sich eilig den nächsten Löffel in den Mund schiebt. «Ihre Suppe ist einfach fantastisch.»

Ich nicke zustimmend, bin mir jedoch sicher, dass er es nicht mitbekommt. Vorsichtig schiele ich zu dem Mädchen hinüber, das inzwischen dabei ist, die

Gläser und Krüge zu polieren. Durch den Dampf meiner Suppe hindurch beobachte ich ihre geübten Handgriffe. In unglaublicher Geschwindigkeit nimmt sie die Gefäße aus den Regalen, wischt sie aus und sortiert sie wieder ein. Dabei scheint sie so konzentriert, dass sie gar nicht auf uns achtet oder uns gekonnt ignoriert.

Der Ärger verschlägt mir den Appetit. Von wegen das beste Gasthaus im Ort. Lenny ist doch nur wegen Gwen hier. Und es ist ihm offenbar auch egal, dass sie seine Begeisterung keinesfalls teilt.

«Und wie gut kennt ihr euch?», will ich von Lenny wissen, der zwischen den einzelnen Happen immer wieder zu Gwen hinüberschielt.

«Ziemlich gut», mampft dieser. «Sie hat mir über den Winter geholfen, wenn du verstehst, was ich meine.» Er klopft sich mit der flachen Hand auf die linke Seite seiner Brust.

Nein, ich verstehe nicht, was er meint. Kopfschüttelnd wende ich mich wieder meiner Suppe zu. Ich sollte mit Gwen sprechen. Vielleicht will sie mich hier nicht, weil sie mich mit Lenny in Verbindung bringt? Ich sollte ihr zu verstehen geben, dass ich in keiner Weise in seine Aufdringlichkeiten verwickelt bin. Oder ich wechsle einfach das Quartier und erspare mir den Ärger.

«Ich sollte mir eine andere Unterkunft suchen», überlege ich laut.

«Wenn du ein Vermögen ausgeben möchtest», zuckt Lenny nur die Schultern und löffelt weiter.

«Du bist doch nicht hier, um Geld zu sparen.»

Er sieht grinsend von seinem Teller auf.

«Nicht nur», schmunzelt er, «aber die Sache hat auch für dich Vorteile.»

«Die da wären?»

Er stützt die Ellenbogen neben den Teller und beugt sich weit über den Tisch.

«Sie hat Kontakte», wispert er. «Sie kann dir helfen.»

Ich verschränke die Arme und lehne mich zurück.

«Die Capitaines kommen nur wegen ihr her. Sie kennt sie alle. Die Iren, die Engländer, die Spanier. Einfach alle. Wenn du auf ein neues Schiff willst, musst du zuerst einen Capitaine finden. Das ist nicht wie in Europa, wo dich jeder mitnimmt, wenn du dich ganz gut anstellst. Ab hier bist du nur noch Ballast, der vermieden werden kann.»

Ich widme meine Aufmerksamkeit wieder dem Teller vor meiner Nase. Ich brauche dringend ein neues Schiff. Wenn ich keins finde, muss ich entweder zurück nach Frankreich, was eine inakzeptable Option ist in Anbetracht meiner Vorgeschichte, oder ich sitze hier fest, in einem verschneiten Fischerdorf im hohen Norden der Neuen Welt, was auch keine echte Option ist. Lustlos schaufele ich die Suppe in mich hinein. Sie schmeckt hervorragend, das muss ich zugeben. Trotzdem schlägt mir meine Anspannung auf den Magen. Aus reiner Höflichkeit esse ich alles auf und bringe den Teller dann eigenhändig zu Gwen hinüber. Lenny tut es mir gleich.

«Vielen Dank», bedankt sich diese überrascht, aber gefasst. Sie nimmt mir das Geschirr aus den Händen, ohne ein Lächeln zu verlieren.

«Ich habe zu danken», entgegne ich und stütze die Hände auf dem Tresen ab.

Einen Moment lang vertiefe ich mich darin, Gwen bei ihrer Arbeit zuzuschauen. Es ist beruhigend, sie dabei zu beobachten, wie sie die Teller stapelt. Sorgfältig legt sie einen auf den anderen, wischt sich nebenbei eine lose Strähne des dunklen Haares aus dem Gesicht.

«Kann ich noch etwas für euch tun?», fragt sie, als sie bemerkt, dass sowohl ich als auch Lenny sie noch immer anstarren.

Ertappt richte ich mich auf und stoße dabei gegen einen Hocker, der direkt neben mir steht. Der Hund springt am Fuß der Treppe auf. Wütend bellt er mich an. Die Gänsehaut läuft mir vom Scheitel über den ganzen Körper.

«Um ehrlich zu sein», beginnt Lenny, «bin ich auf der Suche nach Arbeit.»

Auf dem Weg hierher habe ich ein Schild im Fenster der Bäckerei gesehen. Sie suchen noch jemanden, der die Brote formt und in den Ofen schiebt.

Wenn ich jetzt sofort gehe, habe ich vielleicht Glück und kann die Anstellung bekommen. Wenn erst alle Matrosen auf den Beinen sind, wird es schwierig.

Gwen schaut Lenny ins Gesicht. Dann sieht sie zu mir. Ihre blauen Augen studieren eindringlich meine Miene. Die Starre kehrt in meinen Körper zurück. Nicht einmal ein Lächeln oder etwas Ähnliches bringe ich zustande unter ihrem durchdringenden, abschätzenden Blick.

«Was ist mit ihm?», fragt sie meinen Freund, deutet mit dem Kinn aber auf mich.

«Ich werde mir etwas anderes suchen», erkläre ich.

Gwen nickt, legt das Wischtuch beiseite und geht hinüber zur Kammer des alten Giroux. Energisch klopft sie an. Doch noch bevor sie die Hand wieder herunternehmen kann, wird die Türe auch schon aufgerissen. Der äußerst verärgert aussehende Giroux hinkt auf seinem Gehstock heraus. Die Worte kann ich nicht verstehen. Mit der freien Hand fährt er aufgebracht durch die Luft. Gwen weicht zwei Schritte zurück und deutet dann auf Lenny. Der Blick des alten Mannes wird noch finsterer, als er es ohnehin schon ist.

«Was willst du?», bellt er und kommt auf Lenny zu.

«Ich möchte für Euch arbeiten.» Lennys Griff geht unauffällig zu seinem Degen, sein wertvollstes Besitztum. Er legt ihn nicht einmal zum Schlafen ab.

«Gegen Bezahlung?»

«Natürlich», gibt Lenny selbstbewusst an und macht sich ein Stück größer.

«Und was kannst du?»

«Ich kann Gwen im Badehaus zur Hand gehen.»

Giroux' Blick gleitet zu Gwen hinüber, die sich wieder dem Geschirr zugewandt hat.

«Und du? Was ist mit dir?», fragt er mich.

«Ich werde …»

Seine zusammengekniffenen Augen halten mich fest im Visier. Um seine Mundwinkel spielt ein eigenartiges Zucken. Das kalte Funkeln kehrt in seine Augen zurück. Ein bedrohliches Gefühl überkommt mich beim Anblick dieser finsteren Visage, welche sich unmerklich zu einem fiesen Lächeln verzerrt.

«Du hilfst im Stall», sagt er zu Lenny, «und du hilfst ihr bei den Kesseln.» Mit ausgestrecktem Finger zeigt er auf mich. «Ihr bekommt einen viertel Taler pro Tag.»

Gwen schreckt auf und kreuzt den Blick des alten Mannes. Das Entsetzen friert ihre Gesichtszüge für einen winzigen Augenblick ein. Dann richten sich ihre Augen auf mich. Ihre Brauen ziehen sich eng zusammen, sodass sich dazwischen eine tiefe Furche bildet.

Es ist zwar nicht viel, aber die paar Taler werden nützlich sein. Eine kleine Bestechung wird mich bestimmt an Bord irgendeines Schiffes bringen. Und Gwen wird sich schon mit mir arrangieren können. Hoffentlich geht dieser verdammte Winter schnell vorüber.

«In Ordnung», stimme ich der Anstellung zu.

«Ich könnte ihr helfen», grätscht Lenny dazwischen. «Er kennt sich doch hier gar nicht aus.»

Wozu muss ich mich denn auskennen, um zu arbeiten? Lenny weiß doch selbst am besten, wie schnell ich lerne.

«Nein.» Giroux stampft seinen Gehstock auf. «Er macht die Kessel. Du machst die Schweine.»

Der Alte schlurft zurück in sein Kämmerchen. Lennys Stirn legt sich in Falten. Seine Brauen senken sich bedrohlich über seinen Augen. Ich erkenne die tiefen Furchen entlang seiner Nasenflügel.

«Ist doch egal, wer was macht. Tauschen wir einfach», schlage ich vor.

«Ach was», winkt Lenny ab und zwingt sich zu einem Lächeln, «arbeitest du eben mit ihr. Und ich verbringe meinen Tag mit den Säuen. Kein Problem.»

Ich presse die Lippen aufeinander.

«Ich bin oben, falls du mich suchst.»

Ich sehe ihm nach, wie er stampfend die Treppe erklimmt. Oben angelangt stößt er die Tür auf. Sie scheppert gegen die Wand und kommt ihm wieder entgegen. Lenny versetzt ihr einen erneuten Stoß. Dann schlägt er sie zu.

Ich hebe die Brauen und schüttle innerlich den Kopf. Ärger mit Lenny hat mir gerade noch gefehlt. Aber zunächst stellt sich mir eine andere Frage: «Was genau sind denn die Kessel?»

16 novembre 1723

Eigentlich hatte ich das für einen Scherz gehalten. Eigentlich hatte ich auch gar nicht vorgehabt zu kommen. Und nun stapfe ich doch mit meinen Stiefeln über den halb gefrorenen Boden vor dem Gasthaus und warte. Mitten in der Nacht.

Das Licht meiner Öllampe lässt mich gerade die nötigsten Umrisse erkennen. Der Winterwind pfeift mir um die Ohren. Mit der freien Hand ziehe ich den Kragen meines Mantels enger zusammen. Ich wage mich nicht weiter als zwei Schritte von der Hauswand des Gasthauses weg. Direkt hinter der Wand liegt der Kamin. Ich bilde mir zumindest ein, dass ich ein wenig von der Wärme auch hier draußen spüren kann.

Minuten vergehen. Nervös wippe ich von einem Bein auf das andere, laufe neben der Eingangstür des Bären auf und ab. Vielleicht ist es wirklich nur ein Scherz gewesen. Mit dem Fuß schnippe ich einen Kieselstein. Er landet nicht weit entfernt auf einer Schicht aus weißgrauem Raureif, welcher sich langsam beginnt gelblich zu färben.

Ich sehe auf und entdecke mit einem Mal direkt vor mir den Schein einer zweiten Laterne. Rote Handschuhe klammern sich um den Bügel.

«Komm mit», ist alles, was Gwen zur Begrüßung durch den dichten Dunst vor ihrem Gesicht von sich gibt.

In zügigen Schritten geht sie voran. Es ist nicht weit. Nur zwei Straßenzüge vom Gasthaus entfernt bleiben wir vor einer maroden Eingangstüre stehen. Gwen beginnt in ihren Taschen zu wühlen.

«Lass mich das halten», biete ich mich an und will ihr die Laterne abnehmen, damit sie besser suchen kann.

Doch Gwen zieht blitzschnell ihren Arm weg. Sie hängt die Lampe an einen Pferdehaken neben der Tür. Schnaubend vergrabe ich meine Hand in der Manteltasche.

Sie durchforstet unbeeindruckt ihre Taschen. Das Ziel ihres Gewühls, stellt sich heraus, ist das Finden eines großen, rostigen Schlüssels. Gwen steckt ihn in das Schloss. Mit der Schulter voran stößt sie ihren gesamten zierlichen Körper gegen den Eingang, der auch dann nur widerwillig nachgibt. Sie schnappt sich ihre Laterne und verschwindet im Inneren des Gebäudes. Ich folge ihr.

Der Geruch nassen Holzes kriecht mir in die Nase. Fast riecht es wie unter Deck der Albatros. Aber nur fast. Hier ist die Luft zusätzlich getränkt mit dem Duft von Seifen und Ölen. Dinge, die es an Bord eines Segelschiffes nicht gibt. Die schwere Luft behindert das Atmen. Es ist heiß.

Gwen macht sich daran, einige der Leuchten an den Wänden anzuzünden. Ich tue es ihr gleich und übernehme die andere Hälfte der Halle. Im dumpfen Schein der Leuchten werden die zahlreichen durch Holzplanken oder Stofftücher abgetrennten Kabinen sichtbar, in denen sich jeweils unterschiedliche Badezuber befinden.

Ich folge Gwen durch den Raum und spähe gelegentlich in die Kabinen hinein. Die Wannen sind unterschiedlich groß, mal tiefer, mal nur für ein Fußbad geeignet oder wie ein großes Becken geformt, in dem man watend seine Runden drehen kann. Ich zähle fünfzehn solcher Kabinen. Als ich am anderen Ende des Raumes bei Gwen ankomme, finde ich jedoch ein noch weitaus größeres Becken vor als alle bisherigen. Es ist so groß, dass ich fast meine, man hätte darin schwimmen können. Nur dass es dazu nicht tief genug ist. An der Wand hinter dem Kessel ist eine mächtige Rinne mit Seilen festgegurtet. Es muss ein Wasserzulass sein. Er wurde so befestigt, dass er im unbenutzten Zustand weit nach oben ragt. Ich nehme an, dass er herabgelassen wird, um das Bad zu füllen.

Neben dem Zuber springt der schwarze Hund empor. Die Fassung meiner Laterne scheppert, als ich zusammenfahre. Mit gespannten Muskeln hält er mich fest im Blick. Mir sträuben sich die Nackenhaare.

«Das ist das Gemeinschaftsbad», erklärt Gwen, dem Köter über den Kopf streichend.

«Wie muss ich mir das hier vorstellen?», frage ich und bemühe mich, den Hund zu ignorieren, der mich lauernd anstarrt.

«Die Leute kommen hier her, um ein Bad zu nehmen. Manche kommen allein, manche mit Kindern. Andere wollen vielleicht nur ein schnelles Fußbad, sich erfrischen. Und wieder andere», sie deutet auf das Gemeinschaftsbad, «baden gern mit anderen Leuten zusammen, spielen dabei Karten, betrinken und unterhalten sich.»

Zuhause bin ich nie in einem Badehaus gewesen. Vater meinte, dass Badehäuser nur den ganzen Dreck versammelten, den die Bauern vom Feld hereinschleiften.

«Es gibt warmes Wasser und Bedienung.»

Gwen zuckt die Schultern. Sie beugt sich hinunter zu einem Eimer und hebt ihn hoch. Das Wasser schwappt über den Rand.

«Und die Kessel?»

«Ich denke, ihr nennt es Zuber. Wir nennen es Kessel. Meine Aufgabe ist es, sie jeden Abend zu reinigen, und offenbar sollst du mir dabei helfen.» Gwen legt ihre zweite Hand um den Henkel des Eimers und betrachtet mich von Kopf bis Fuß. «Zieh den Mantel und die Stiefel aus», befiehlt sie. «Und die Socken.»

Sie hält mir den Eimer mit dampfendem Wasser entgegen. Der Mantel fliegt über den Rand des großen Beckens. Meine Stiefel stelle ich darunter ab. Den schweren Eimer schleppe ich auf Gwens Geheiß hinüber zu den linken Kabinen. Sie wirft mir einen alten Lappen sowie eine grobe Bürste und ein Stück Seife zu.

«Du machst diese Seite. Ich mache den Rest.»

«Kommt nicht in Frage.»

Sie dreht sich zu mir um. Ihr entnervter Blick offenbart, wie sehr sie sich wünscht, dass ich nicht hier wäre.

«Ich lasse dich dieses Riesenbecken nicht allein schrubben.»

«Wenn du beim fünften Kessel bist, werde ich längst fertig sein.»

Sie verschwindet zwischen den weißen Stoffbahnen der gegenüberliegenden Kabine. Der Hund folgt ihr zum Glück.

Das werden wir ja sehen!

Voller Tatendrang mache ich mich ans Werk. Mir ist durchaus bekannt, wie man altes und vor allem nasses Holz zu pflegen hat. Immerhin hat das Schrubben des Decks an Bord der Albatros zu meinen Hauptaufgaben gehört. Als ungelernter Seemann wird man automatisch für die ungeliebten Aufgaben eingeteilt.

Übermütig tauche ich die Bürste tief in den Eimer ein. Der brennende Schmerz frisst sich sofort in meine Haut. Ruckartig ziehe ich die Hand zurück und werfe einen Blick auf die Verbrennung. Der Unterarm hat sich feuerrot gefärbt. Zum Glück schlägt es noch keine Blasen.

Ich laufe hinüber zu Gwen. Hektisch schlage ich den Stoff beiseite und stolpere in ihre Kabine. Das Monstrum kläfft mich an. Ich bleibe verschreckt stehen. Gwen ist bereits dabei, ihren Kessel zu schrubben.

«Probleme?», fragt sie gelangweilt. Ihre Hände sind mindestens ebenso rot wie meine.

«Nein», antworte ich schnell, «alles bestens.»

Ich krieche zurück in meine Kabine und beginne mit der Arbeit. Ob ihr Wasser kälter ist als meins? Zaghaft tunke ich die Bürste gerade so weit in den Eimer, dass ich das Wasser nicht berühre. Dann schrubbe auch ich über die Holzfassung meines Zubers.

Ich beeile mich und schrubbe, dass mir die Finger wund werden. Wäre doch gelacht, wenn ich wirklich so langsam bin, wie Gwen meint. Diese Herausforderung nehme ich gern an. Meine Bürste fliegt geradezu über das Holz. Mit dem Lappen wische ich nach. Zügig sammle ich alles zusammen und mache mich auf den Weg zur nächsten Kabine.

Auch Gwen wechselt. Von dem zweiten zum dritten Kessel! Es scheint mir, dass der Köter mich arglistig angrinst.

«Und du machst das jeden Abend? Ganz allein?», versuche ich mich an einem Gespräch und gebe mir Mühe, nicht gehetzt zu klingen.

«Ja.»

«Wie lang brauchst du dafür?»

Ich kratze über eine hartnäckige Verkrustung.

«Nicht mehr als vier Stunden», schiebt sie meine Stoffbahn beiseite, den prüfenden Blick auf meine Arbeit gerichtet.

Vier Stunden ist beachtlich. Bei der Größe der Kessel und der Anstrengung. Sie ist doch nur ein Mädchen, wie kann sie da so schnell sein?

«Was ist dein Geheimnis?»

Ich stütze mich auf den Kesselrand. Sie studiert mich von Kopf bis Fuß.

Meine Hose ist übersät von unzähligen Wasserflecken. Kleine Tropfen fallen von der Ecke des Lappens in meiner Hand auf den Boden. Die Bürste schwimmt neben meinem Eimer in ihrer eigenen Seifenlauge.

Ich bemerke das kleine Schmunzeln auf ihren Lippen, lasse es mir aber nicht anmerken.

«Halte dich nicht mit Kleinigkeiten auf», meint sie dann. Sie kniet sich neben mich. «Es geht nur um die Seifenreste. Du nimmst also die Bürste, seifst sie richtig ein, schrubbst den Kessel aus und wischst ihn mit dem Lappen trocken.» Sie macht es mir an einem Fußkessel vor und ist schneller fertig, als ich auch nur Fußkessel hätte sagen können.

Ich nicke verständig und mache mich erneut ans Werk. Gwen steht noch immer neben mir und beäugt kritisch mein Treiben. Jetzt bin ich zwar schneller, aber die Bürste ist durch die Seife so rutschig, dass sie mir immer wieder aus der Hand gleitet. Ich unterdrücke das innerliche Seufzen.

«Ich mache weiter», meint Gwen im Gehen und fügt murmelnd hinzu, «bevor wir niemals fertig werden.»

«Das hab ich gehört.»

Ich stelle mich wirklich ungeschickt an. Die nasse Bürste tut, was sie will. Von der Seife ganz zu schweigen. Allein der Lappen macht, was er soll. Zufrieden bin ich mit meiner Arbeit jedenfalls nicht. Gwen ist deutlich schneller und gründlicher noch dazu. Ich ärgere mich darüber. Über mich selbst. Ich sollte ihr eine Hilfe sein und keine Last.

Immerhin schaffe ich es, mit meinen Kesseln fertig zu sein, bevor sie das ganze Gemeinschaftsbad gereinigt hat. Eine winzige Ecke ist noch übrig. Also tue ich mein Bestes, ihr wenigstens dabei zur Hand zu gehen. Ich zwänge mich an dem vermeintlich schlafenden Hund vorbei und übersteige den Kesselrand.

«Ich schaffe das schon», sagt Gwen über das Geräusch ihrer kratzenden Bürste hinweg.

Ich reagiere gar nicht darauf. Ja, ich bin geradezu beleidigt. Ich soll mit ihr arbeiten, also tue ich das auch. Mit akribischer Genauigkeit vertiefe ich mich verbissen in meine Arbeit. Gwens Bürste kommt schnell näher.

«Wie lang fährst du schon zur See?», fragte sie nach einer Weile.

«Ich bin seit zehn Monaten an Bord der Albatros», antworte ich überrascht und horche bei meinen eigenen Worten auf. Zehn Monate. Zehn Monate seit ich Europa verlassen habe.

«Und vorher?»

Das wird ja ein richtiges Verhör.

«Vorher bin ich nicht zur See gefahren.»

Als sie keine weiteren Fragen stellt, sehe ich zu ihr hinüber. Ich erwische sie dabei, wie sie mich ausgiebig mustert. Ein leichter Rotschimmer zeigt sich auf ihren Wangen. In ihren tiefen blauen Augen liegt etwas Zweifelndes.

«Was ist mit dir und Lenny?», sprudelt es aus mir heraus, um dem betretenen Schweigen zu entgehen.

Gwen nimmt ihren Lappen wieder auf.

«Er kommt seit einigen Jahren ins Gasthaus.»

«Ihr scheint euch gut zu kennen.»

Eigenartig, dass Lenny nie von ihr gesprochen hat. Andererseits haben wir bis zum Tag der Ankunft hier auch kein Wort über St. Harbour gesprochen. Ich wusste ja nicht einmal, dass wir hier überwintern. Mein Plan hatte eine Überwinterung in einem großen Hafen vorgesehen. Irgendwo, wo es einfach sein würde ein Schiff zu finden. Stattdessen hocke ich jetzt hier fest.

«Ich kenne ihn genauso gut wie jeden anderen Seefahrer», entgegnet Gwen bissig.

Ob den beiden klar ist, dass sich ihre Auffassung ihre Beziehung betreffend deutlich unterscheidet. Lenny weiß es bestimmt nicht. Es wäre nicht das erste Mal, dass er sich blauäugig in etwas verrennt.

Gwen beendet ihre Arbeit. Sie leert die Eimer und hängt die Lappen zum Trocknen auf. Ich ziehe meine Stiefel an und streife den Mantel über. An der Tür reicht sie mir meine Laterne.

«Kommst du denn nicht mit zurück?», frage ich verwundert.

«Nein.»

Und als will er mich verscheuchen, steht mit einem Mal wieder dieser grässliche schwarze Hund neben ihr. Ich straffe die Schultern und trete hinaus in die Kälte. Gwen schließt die Tür.

17 novembre 1723

Es ist dieselbe Prozedur wie am Abend zuvor. Mit dem Unterschied, dass meine Müdigkeit mir zu schaffen macht. Mitten in der Nacht durch die Kälte hinüber zum Badehaus zu stiefeln, ist definitiv der übelste Teil dieser Aufgabe. Und nach einem Arbeitseinsatz auf der Albatros allemal.

Immerhin geht mir die Arbeit heute schon deutlich schneller von der Hand. Auch die Bürste ist nicht mehr so widerspenstig wie am Tag zuvor. Außerdem lungert der Hund heute wohl im Gasthaus herum, was mir etwas Unruhe nimmt.

«Hier.»

Gwen kommt in meine Kabine und hält mir einen Teller unter die Nase. Darauf ist eine Vielzahl verschiedenen Gebäcks fein säuberlich nebeneinander aufgereiht. Mit Zucker berieselte Brioches, von Mandelsplittern überzogener Bostock, in Schokolade getunkte Eclairs. Es sieht vorzüglich aus.

«Du hast wohl einen guten Tag?», necke ich sie und wende mich mit einem kleinen Schmunzeln wieder meinem dampfenden Wassereimer zu. Mein Magen könnte durchaus etwas vertragen, aber zuerst will ich das hier erledigt wissen.

Gwen verzieht keine Miene. Sie wendet sich einfach wortlos ab und geht zurück an die Arbeit. Der Tag ist offenbar doch nicht so gut, wie ich dachte.

Die Arbeitsaufteilung ist die gleiche wie am Vorabend. Jeder übernimmt eine Seite und den großen Kessel nehmen wir uns gemeinsam vor. Auch wenn sich Gwens Begeisterung für diesen Plan sehr in Grenzen hält. Aber das ist mir gleich. Je mehr wir zusammen machen, oder zumindest gerecht aufteilen, umso schneller kann ich ins Bett und das ist alles, woran ich im Moment denken kann. Mein schönes, gemütliches, warmes Bett.

«Du musst mehr Seife nehmen», meckert Gwen neben mir. Ihre Stimme wird vom rhythmischen Schaben ihrer Bürste untermalt.

«In Ordnung», antworte ich knapp und gehorche.

«Und wenn du kleinere Bewegungen machst, sparst du Kraft.»

Es ist nicht so, dass ich keine Kraft habe, möchte ich sagen, lasse es aber. Sie meint es ja nur gut. Oder?

«Du musst besser auf die Fugen achten.» Ihr ausgestreckter Zeigefinger deutet auf eine Verkrustung zwischen den Holzplanken.

«Ich bin ja noch nicht fertig», murmle ich und presse die Zähne aufeinander.

«Und wenn du nicht besser aufwischst, dann ...»

«Was ist eigentlich dein Problem?» Ich pfeffere die Bürste zu Boden.

Kann doch wohl nicht wahr sein! Ich gebe mir allergrößte Mühe. Ich bin sorgfältig. Ich achte auf jede Kleinigkeit. Aber ihr kann man es ja nicht recht machen.

Gwen starrt mich erschrocken an. Beim Knall der Bürste auf die Dielen ist sie heftig zusammengezuckt.

«Ich höre!», keife ich mit Nachdruck.

«Ich habe kein Problem», löst sie sich langsam aus ihrer Schreckstarre und poliert weiter das Holz.

«Ja, sicher», schnaube ich.

Kopfschüttelnd sammle ich die Bürste wieder ein und setze meine Arbeit fort. Wenigstens sind wir gleich fertig. Dann muss ich mich nicht mehr mit diesem Biest rumplagen.

«Du solltest dir eine andere Arbeit geben lassen. Das hier ist offenbar nichts für dich.»

«Und wieso nicht?»

Ich wische die letzte Stelle mit Nachdruck trocken. Sie wird auch so noch tausend andere Gründe finden, ihre schlechte Laune an mir auszulassen. Gwen wischt sich mit dem Ärmel ihres Kleides über die Stirn. Sie stellt ihren Eimer neben meinem ab und angelt über den Rand des Kessels hinweg nach dem Teller mit Kuchen. Dann setzt sie sich auf den Vorsprung im Kessel, der wie eine Sitzbank gemacht ist.

«Das ist eine Arbeit für echte Seemänner. Solche die keine Fragen stellen und Anweisungen befolgen können.»

Sie platziert den Teller auf ihrem Schoß und beißt von einem Eclair ab. Ihre Augen sind geschlossen, während sie kaut. Auf ihren Lippen liegt ein zufriedenes Lächeln.

«Ich bin ein echter Seemann!», halte ich dagegen.

Wäre doch gelacht, mir ausgerechnet von ihr was erzählen zu lassen. Ich bin ebenso ein Seemann wie alle anderen. Auch wenn meine Beweggründe etwas speziell sind. Ohne zu fragen, nehme ich mir eine Brioche von ihrem Teller.

«Wer hat das alles gebacken?», frage ich mampfend und beschließe ihr Gemecker einfach zu ignorieren.

«Tinna, meine kleine Schwester.» Sie beißt ein weiteres Mal ab.

«Arbeitet sie auch im Gasthaus?»

Was soll ich als nächstes versuchen? Mein knurrender Magen freut sich über das nächtliche Mahl. Eine wohlige Schwere erfüllt meinen Körper. Dazu gesellt sich die unbezwingbare Müdigkeit. Gwen zupft derweil hervorstehende Fusseln von ihrer Schürze.

«Sie macht die Küche und die Bedienung am Abend.»

«Aber Giroux ist nicht dein Vater, oder?», rutscht es mir heraus. Zur Strafe verschlucke ich mich an einem Krümel und beginne fürchterlich zu husten.

«Nein, Monsieur Giroux ist nicht mein Vater», stellt Gwen klar, «Und jetzt hör endlich mit den Fragen auf!»

Sie nimmt sich ebenfalls eine Brioche und beißt ein riesiges Stück ab, was ihr das Beantworten weiterer Fragen unmöglich machen soll. Dann stellt sie den Teller zwischen uns ab. Mit verschränkten Armen starrt sie geradeaus, kaut dabei in gleichmäßigen Bewegungen und erinnert mich so ganz und gar an Louise, die Tochter meiner Gouvernante. Wir sind zusammen aufgewachsen und mit eben dieser Geste hatte sie immer versucht, mich zu vertreiben, wenn ich ihr auf die Nerven ging. Das hat schon damals nicht geklappt.

«Und was machen deine Eltern?», frage ich weiter.

Gwen wendet ihren Kopf zu mir. Betont langsam schlägt sie die Augen auf.

«Sie sind tot.» Mir bleibt der Bissen im Halse stecken. Ich muss schwer schlucken. Um Himmels Willen, tappe ich denn heute von einem Fettnäpfchen ins nächste? «Meine Mutter war Gänsemagd und mein Vater ist eine Weile zur See gefahren», setzt Gwen hinzu.

«Das tut mir leid», falle ich ihr ins Wort. Der Ärger über mein Ungeschick treibt die Hitze in die Ohren.

«Mir auch», sagt sie nur und betrachtet mich einen Moment, als befürchtet sie, dass ich gleich von der Bank kippe. Wohl mehr um mich abzulenken als aus echtem Interesse fragt sie daher: «Was ist mit deinen Eltern?»

«Meine Eltern leben in Frankreich. Sie ... sie betreiben ein Weingut», haspel ich.

Ein großes Weingut. Das größte Weingut der Region, schallt mir die Stimme meines Vaters durch den Kopf. Das kann dir doch nicht egal sein, mein Sohn, hat er immer gesagt. Zumindest bis zu dem Tag, an dem er erfuhr, dass ich gar nicht sein Sohn bin.

Gwen gibt sich wenig beeindruckt. Sie nickt nur.

«Geschwister?» Das klingt schon nach etwas mehr Interesse.

«Nein», antworte ich schnell. «Nur die Tochter meines Kindermädchens und ein Cousin, der mit mir aufgewachsen ist.»

Heute ist kein Tag, um Gwen über die Verwirrungen in meiner Familienkonstellation aufzuklären. Ohnehin wird Peppin für mich immer mein ungeliebter Cousin bleiben, auch wenn er eigentlich mein Halbbruder war. Ich hatte ihn nie leiden können, aber das ist keine Entschuldigung für das

Schicksal, das ihm widerfahren ist. Meinetwegen. An welchem Punkt nur habe ich die Kontrolle verloren? Peppin hätte nicht sterben müssen. Ich hätte nicht fliehen müssen.

Gwen legt den Kopf schief und verschränkt die Arme vor der Brust. Argwöhnisch schaut sie mich an, mustert mich vom Scheitel bis zur Sohle. Ihre Augen verengen sich.

«Du bist kein Seemann», konstatiert sie erneut.

«Wieso nicht?», frage ich empört und verschränke ebenfalls die Arme.

«Mal ehrlich. Ein Kindermädchen? Du kommst aus viel zu gehobenen Kreisen, als dass du als einfacher Seemann durch die sieben Weltmeere schipperst. Warum fährst du wirklich zur See?»

«Ich wollte die Welt sehen», entgegne ich, muss aber gestehen, dass das nur die halbe Wahrheit ist, «Und ich wollte weg aus Frankreich.»

«Wieso?»

Mit einem Mal scheint sie sich ernsthaft für meine Geschichte zu interessieren. Ihr Blick huscht über meine Stirn, springt zwischen meinen Augen hin und her und klebt schließlich an meinem Mund.

Ich sage nichts. Eine schier endlose Weile lang.

«Verstehe», sagt Gwen gedehnt und es zeigt sich tatsächlich eine Art Lächeln auf ihren Lippen, wenn es auch etwas merkwürdig aussieht. «Evan LaCour hat ein Geheimnis.»

Ich zucke mit den Schultern, um zu verbergen, dass sie mich ertappt hat. Ja, ich habe ein Geheimnis. Ein ziemlich großes sogar.

«Lenny sagte, du hättest allerlei Kontakte zu den Capitaines», lenke ich ab und beschließe spontan, dass jetzt genau der richtige Zeitpunkt ist, um sie um Hilfe zu bitten.

«Sagt er das?», knirscht Gwen. Ihre noch immer verschränkten Arme pressen sich aufeinander.

«Ja, er sagte, du kennst viele von ihnen und dass du mir helfen kannst, ein neues Schiff zu finden.»

Sie zieht eine Augenbraue in die Höhe.

«Du musst ja etwas ganz Furchtbares getan haben, wenn du nicht einmal in deine Heimat zurück kannst», kichert sie belustigt. «Hätte nicht gedacht, dass du ein Überläufer bist.»

«Ich bin kein Überläufer», stelle ich klar.

«Was bist du bereit zu geben, wenn ich dir ein Schiff besorge?»

«Ich …» Fieberhaft suche ich nach etwas Wertvollem in meinem Besitz. Ich habe eine alte Taschenuhr, aber die wird ihr wenig nützen. Hat sie auf diese Art die funkelnden Ohrringe erstanden? «Was willst du denn haben?», frage ich, als mir nichts einfällt.

Gwen legt den Kopf schief. Alle Belustigung verschwindet aus ihrer Miene. Zurück bleibt bitterer Ernst.

«Es ist nicht leicht ein neues Schiff zu finden. Ich werde mein Bestes geben, dir eines zu beschaffen. Aber im Gegenzug verlange ich von dir, dass du ehrlich zu mir bist. Keine Spielchen. Kein Hinterhalt.»

Ich weiß ja nicht, mit wem sie sonst Geschäfte macht. Es klingt jedenfalls nicht, als hätte sie besonders gute Erfahrungen gesammelt.

«Selbstverständlich», entgegne ich hoffnungsfroh.

«Und du hältst dich von mir fern», setzt sie kraftvoll hinzu. Ihr ausgestreckter Zeigefinger erhebt sich drohend vor meinem Gesicht.

Nichts lieber als das.

«Und falls ich keinen Platz für dich finde», Gwen lehnt sich geheimniskrämerisch zu mir. Ihre blauen Augen blicken mich ernst an. «Falls ich keinen Platz für dich finde, versprichst du mir, dass du diesen Ort trotzdem im Frühjahr verlässt. Egal auf welchem Weg.» Ihre Stimme ist kaum mehr ein Wispern.

Das stellt sie sich jetzt so einfach vor. Ich kann nicht zurück nach Frankreich fahren. Wenn mein Vater mich findet, dann ist alles verloren. Dann bin ich verloren.

«Gehen wir davon aus, dass dieser Fall nicht eintritt», sage ich optimistisch.

Ich halte ihr meine ausgestreckte Hand entgegen. Gwen will gerade zugreifen, da kracht es über uns.

Ich fahre herum. Ein Spannseil des Wasserzulasses, der sich direkt über mir befindet, ist gerissen. Das zweite Seil zwirbelt an der Kante der hölzernen Rinne auf. Das Holz knarzt bedrohlich. Hilflos beobachte ich, wie auch das letzte Seil seinen Dienst versagt und dem Druck der wuchtigen Rinne nachgibt. Wie in einem Traum, so scheint es mir, saust der ausgehöhlte Baumstamm auf mich nieder. Jeden Moment trifft mich sein ganzes Gewicht.

Ich sehe mich schon am Boden liegen. Erschlagen. Zerquetscht. Zuerst erwischt er meinen Schädel, drückt ihn in meine Schultern, staucht meinen Rücken, faltet mich zusammen wie ein Stück Pergament.

Gwens Hand erscheint in meinem Blickfeld. Ich schließe die Augen.

Auf dem Boden des Kessels findet sich kein Blut. Kein einziger Tropfen.

«Ich ... ich lebe noch, oder?», stammle ich verwirrt und sehe mich hektisch um.

Ich bin unverletzt. Keine Schmerzen, nicht mal ein Kratzer. Über mir hängt der Wasserzulass an der Wand. Befestigt durch zwei verknotete Seile. Wie eh und je. Das kann nicht sein!

«Offensichtlich», sagt Gwen leichthin und nimmt den Teller von der Bank.

«Wie ist das möglich?» Meine Stimme vibriert. Meine Hände auch. «Die Seile sind doch gerissen. Der Zulass ist ...»

«Was?» Sie schaut nach oben und nimmt sich dabei ohne hinzusehen ein weiteres Gebäckstück. «Sieht aus, als hättest du dir das eingebildet. Alles wie immer.»

Ich sehe in ihr unschuldiges Gesicht. Die monotone Bewegung ihres Kiefers treibt mich in den Wahnsinn. Sie muss es doch auch gesehen haben. Immerhin saß sie keinen Schritt von mir entfernt. Der Balken hätte sie genauso gut treffen können.

«Du bist doch vor mich gesprungen», konstatiere ich. «Du hast es aufgehalten!», entfährt es mir.

Aber das ist unmöglich. Sie kann doch nicht mit bloßen Händen diese monströse Rinne aufhalten. Geschweige denn wieder nach oben hieven und die Seile festspannen.

«Es ist schon spät. Du solltest schlafen gehen.» Sie schluckt den letzten Bissen hinunter. Elegant steigt sie aus dem Kessel und schlüpft in ihre Stiefel.

«Ich gehe hier nicht eher weg, ehe du mir sagst, was hier vor sich geht!» Ich verschränke die Arme vor der Brust. Ich weiß doch, was ich gesehen habe!

«Dann bleib eben hier», winkt sie ab.

«Jetzt warte doch», sprinte ich ihr nach. So leicht kommt sie nicht davon. Ausgeschlossen. «Ich habe mir das nicht eingebildet. Du bist vor mich gesprungen, hast deine Hand ausgestreckt und schon ist der Balken wie von Zauberhand zurückgewichen. Wie hast du das gemacht?»

«Da war nichts, Evan», knirscht Gwen. Ihre zornigen Augen durchbohren mich. «Es ist nichts passiert.»

«Ja», entgegne ich leise, «das ist das Problem.»

Es hätte etwas passieren müssen. Ich sollte in diesem Moment zerquetscht am Boden liegen. Stattdessen erfreue ich mich blühender Gesundheit. Gwen kann mir nicht weiß machen, mein Geisteszustand sei nicht ebenso intakt. Ihr Blick huscht aufgeregt zwischen meinen Augen hin und her. Mir läuft ein kalter Schauer den Rücken hinunter.

«Wie hast du das gemacht, Gwen?», frage ich erneut.

Es muss einen Trick geben. Etwas ganz Einfaches. Eine Mechanik. Eine optische Täuschung. Doch Gwen schüttelt nur den Kopf. Als würde sie wirklich nicht verstehen, wovon ich spreche. Ich gehe einen kleinen Schritt näher auf sie zu.

«Keine Ahnung, was mit *dir* vorgeht», sagt sie mit brüchiger Stimme und tritt einen großen Schritt zurück.

Ihre Hand, in der sie den Teller hält, krallt sich in das glatte Porzellan. Ein unmerkliches Zittern erschüttert ihren Arm. Ich weiche zwei Schritte zurück. Die Hände entschuldigend vor mir erhoben, stoße ich gegen den Rand des Kessels.

«Es tut mir leid», gebe ich zu. «Ich wollte dir keine Angst machen.»

Gwen dreht den Kopf schräg. Mit gekräuselter Stirn beobachtet sie mich. Die Wasserflecken auf ihrer Schürze sind fast trocken.

Vielleicht habe ich mich geirrt. Es ist wirklich spät. Bestimmt treiben die Träume schon ihren Schabernack mit mir.

Sie tritt von einem Fuß auf den anderen. Mit der flachen Hand streicht sie sich übers Haar. Dann nimmt sie die Laterne aus ihrer Aufhängung und hält sie mir vor die Nase. Der Schein des Feuers flackert über ihr Gesicht. Ich greife nach dem Henkel und bleibe dabei an ihren wachen, blauen Augen hängen. Ich entdecke die winzigen dunkelgrauen Sprenkel darin. Ich sehe den Zweifel, der darin liegt. Die Unschlüssigkeit.

«Gute Nacht, Evan», sagt sie und lässt los.

20 novembre 1723

Inzwischen sind drei Tage vergangen und Gwen ist mir ebenso gut ausgewichen wie ich ihr. Während der Arbeit haben wir uns nicht unterhalten. Sie schrubbt ihre Kessel. Ich schrubbe meine. Und weil sie noch schneller arbeitet als ohnehin schon, hat sie auch das Gemeinschaftsbad allein übernommen. Falls sie bemerkt haben sollte, dass ich mich deswegen furchtbar fühle, lässt sie sich zumindest nichts anmerken.

Ich habe mir kaum mehr eine halbe Stunde Gedanken um den Balken machen können, bevor ich einschlief. Das Warten macht mich müde. Ich muss weiterfahren. Diese Stadt ist nichts für mich. Abgesehen davon, dass Gwens Gesellschaft mich an den Rand des Wahnsinns treibt.

«Was kann ich den Herren noch Gutes tun?», fragt das junge Mädchen, das zu unserem Tisch kommt, und erwartet die Bestellungen.

Es handelt sich um Tinna, Gwens jüngere Schwester. Sie sehen sich zum Verwechseln ähnlich, wenn man den Altersunterschied mal außer Acht lässt. Ihr Haar hat exakt die gleiche Farbe wie Gwens. Auch ihre Haut ist dunkel gefärbt. Als hätte sie sehr lang in der Sonne gearbeitet. Nur ihre Augen, fällt mir auf, haben nicht diesen distanzierten, fast misstrauischen Ausdruck, sondern sprühen vor Freude und Offenheit.

Lenny, der mir gegenüber sitzt, macht sich nicht die Mühe, zu ihr aufzusehen. Er stochert in seinem Essen herum und stopft sich ein weiteres Stück Brot in den Mund.

«Noch eine Runde!», schallt es von weiter hinten. Der Raum hat sich inzwischen mit allerhand durstigen Seeleuten gefüllt. Das Gasthaus platzt aus allen Nähten. Auf den Fluren ist kaum Durchkommen. Alle Plätze im Gastraum sind besetzt. Selbst dazwischen drängen sich die Leute. Und das geht nun schon mehrere Tage so. Zu jeder Tageszeit drängen die Menschen ins Gasthaus. Nicht einmal der wilde Schneesturm draußen konnte sie davon abhalten, herzukommen. Es sind alles Seefahrer. Man sieht es ihnen an. Und man hört es. Zum Teil riecht man es auch.

«Sehr wohl», entgegnet Tinna und bahnt sich durch die Menge ihren Weg zum Tresen, hinter welchem Gwen dabei ist, das Bier in die Krüge zu füllen.

Lenny schüttelt unterdessen behände den Kopf hin und her.

Ich verdrehe innerlich die Augen. Dass er immer so dramatisch sein muss. Lenny seufzt lautstark.

«Wo drückt der Schuh?», frage ich gewollt scherzhaft.

«Ach, Parvenu», stöhnt er, «die Frauen.»

«Du meinst: die Frau.»

Ich ernte einen missbilligenden Blick.

«Ich komme einfach nicht an sie ran.»

«Sie hat viel zu tun», verteidige ich Gwen und schiele einen Moment zu ihr hinüber. Sie lehnt sich über die Theke zu einem Capitaine. Er brüllt ihr seine Bestellung ins Ohr. Seine Hand liegt auf ihrer. Mit einem atemberaubenden Lächeln streicht Gwen sich eine Haarsträhne aus dem Gesicht und macht sich zurück an die Arbeit.

«Sie versteht es nicht», meint Lenny zusammenhanglos.

«Was denn?»

«Dass ich anders bin. Sie soll mich nicht wie die anderen Männer behandeln.»

«Welche anderen Männer?»

«Mir geht es doch um sie. Bei mir hat sie es gut», antwortet er, ohne auf meine Frage einzugehen.

«Vielleicht solltest du …» Ihr etwas Freiraum gönnen, sie nicht mit deiner angeblichen Liebe erdrücken, möchte ich vorschlagen, komme aber nicht dazu. Jemand packt mich am Ärmel und zieht mich auf die Füße.

«Gwen will dich sprechen!», drängt Tinna. Eilig zerrt sie mich auf den Gang zwischen den Tischen.

«Ich bin gleich zurück», rufe ich Lenny, dem das Brot aus dem Mund fällt, noch zu. Ich habe meine Worte kaum ausgesprochen, da habe ich ihn im Getümmel auch schon aus den Augen verloren.

Tinna schiebt mich hastig voran. Wir drängen uns zwischen den Seeleuten hindurch. Rücksichtslos schubst sie die Matrosen aus dem Weg. Ausschließlich Männer, soweit ich das erkennen kann. Am Tresen angelangt, stößt sie dann einen besoffenen Seemann vom Hocker. Sein Krug geht scheppernd zu Bruch. Er selbst landet auf dem Boden. Tinna schiebt mich an seinen Platz.

Vor mir schenkt Gwen das Bier aus. Die Arbeitsfläche schwimmt bereits. Von ihren aufgerissenen Händen tropft die goldene Flüssigkeit auf ihre Schürze. Sie beachtet mich nicht. Nicht einmal einen Blick zur Begrüßung hat sie für mich übrig.

«Siehst du den Capitaine dort drüben?», sagt sie bloß.

Ich sehe in die Richtung ihres Kopfnickens.

«Aye.»

Der Capitaine, mit dem sie eben gesprochen hat. Ein bulliger Mann. So hoch wie breit. Sein Gesicht wird überwuchert von einem wilden Zottelbart, in dem eine Knollennase steckt. Er lacht kräftig. Sein goldener Schneidezahn blitzt.

«Chevalier. Capitaine der Brochet. Segelt unter französischer Flagge Richtung Süden.»

«Wohin genau?», frage ich, den Blick weiter auf den Mann gerichtet. Ich spüre ein unkontrollierbares Zucken unter meinem Auge.

«Saint-Domingue.»

Karibik. Kein schlechtes Reiseziel, obwohl ich gehofft hatte, endlich unter fremder Flagge fahren zu können.

«Er verlässt St. Harbour als erster. Schon im Januar. Früher wirst du hier nicht wegkommen.»

Ich wende mich um, beobachte Gwen prüfend. Sie sieht mich von unten herauf an und wischt nebenbei über die schwimmende Theke. Ihr kalter Blick ist ganz und gar undurchsichtig.

«Du willst mich loswerden», stelle ich fest.

Dafür gibt es nur zwei Möglichkeiten. Entweder hält sie mich für einen vollkommen durchgedrehten Typ, der sich in ständiger Lebensgefahr durch herabfallende Holzrinnen wähnt, oder aber sie hat etwas zu verbergen, dass ich auf keinen Fall herausfinden soll.

«Du hast es doch eilig, oder?», zuckt sie die Schultern und wendet sich ab.

Ich stütze die Unterarme auf das Holz. Er macht keinen besonders freundlichen Eindruck, dieser Capitaine. Aber Gwen würde es wohl nicht vorschlagen, wenn es vollkommen aussichtslos ist. Einen Moment überlege ich, ihr zu danken. Doch sie fuhrwerkt noch immer in einem Regal an der Wand herum. Bei genauerem Hinsehen bemerke ich, dass sie wahllos Becher herausnimmt, zurückstellt und hin und her schiebt. Mit Sicherheit keine Aufgabe, die genau jetzt erledigt werden muss. Falls es überhaupt eine Aufgabe ist. Ich wende mich ab. Flink schlängle ich mich zwischen den umgebenden Männern zu Chevalier hindurch. Ich blicke mich immer wieder um. Capitaine Dupont darf unter keinen Umständen erfahren, was ich hier treibe.

«Capitaine Chevalier?»

«Aye.»

Er wirbelt zu mir herum. Der aus dem Becher schwappende Rum besudelt sein Jackett.

«Ich hörte Sie segeln nach Süden.»

«Und?», bläfft er.

«Ich suche ein Schiff, das nach Süden fährt», erkläre ich ungelenk. «Ich bin mit der Albatros hergekommen. Ich kann für Sie anheuern, wenn Sie mich mitnehmen.»

«Ah, der kleine Franzose», grunzt er. «Die Kleine hat von dir gesprochen. Aber sie hat nicht erwähnt, dass du ein Überläufer bist», fährt er mich mit immer lauter werdender Stimme an.

«Ich bin kein Überläufer.» Denn ein Überläufer kann nur sein, wer im Dienste der Marine steht. Und das trifft auf mich nicht zu. Ich bin, könnte man sagen, ein freiberuflicher Schiffsjunge.

Chevaliers Blick durchfährt mich von Kopf bis Fuß. Seine geschwollenen Tränensäcke färben sich dunkelrot.

Ich kann ihn nicht leiden. Wie er mich ansieht. Wie er mit mir spricht. Und wie er von Gwen redet. Die Kleine. Der hat ja keine Ahnung, dass sie ganze Baumstämme bewegen kann. Ohne sie zu berühren.

«Für fünf Taler pro Tag nehme ich dich mit», lacht Chevalier und wendet sich kurz zu einem seiner Matrosen um. Der stimmt in sein Gelächter ein, prostet ihm zu und nimmt einen happigen Schluck aus seinem Krug.

«Wie viele Tage dauert die Reise?», frage ich hartnäckig.

Fünf Taler ist Wucher! Und mit ihm zu reisen, ist sicher keine Traumvorstellung, aber das war kein Teil meiner Reise. Wenn es die einzige Chance ist, hier schnellst möglich wegzukommen, sollte ich sie nutzen.

Chevaliers Lachen verebbt. Seine Miene wandelt sich im selben Moment zu einer düsteren Grimasse.

«Ich kann keine nutzlosen Passagiere gebrauchen!», keift er. «Sieh zu, dass du Land gewinnst, bevor ich Dupont von deinem Treiben berichte.»

Der Matrose baut sich neben ihm auf, verschränkt die bemalten Arme vor der Brust. Sein Ohrläppchen ist in Fetzen gerissen. Ähnlich wie Lennys.

Beschwichtigend hebe ich die Hände empor. Keine besonders liebenswerten Zeitgenossen. Schwierigkeiten kann ich nicht gebrauchen. Es wird sich schon ein anderes Schiff finden lassen. Soll er doch allein nach Süden fahren, dieser Chevalier! Gwen könnte sich ruhig etwas mehr Mühe bei der Auswahl geben. So leicht muss ich es ihr auch nicht machen.

Rückwärts gehend, stoße ich in dem Getümmel gegen jemand anderen. Ich drehe mich um und setze schon zu einer kurzen Entschuldigung an, als ich erkenne, dass es sich um niemand geringeren als unseren Capitaine handelt.

«Verzeihen Sie, Capitaine», entschuldige ich mich rasch.

Mir wird heiß. Hoffentlich hat er nichts von meiner Unterhaltung mitbekommen. Einen unehrenhaft entlassenen Schiffsjungen nimmt erst recht niemand mit.

«Wirklich schade, dass die Natur uns am Hinterkopf keine Augen verpasst hat», scherzt Dupont lauthals und schlägt mir kräftig auf die Schulter.

Verlegen sehe ich mich um. Erschreckend wie viele Leute in diesem Raum zusammengepfercht sind. Auf den unteren Stufen der Treppe erkenne ich Gwen. Sie spricht mit einem Mann, einem vermoderten Typ in abgewetzten Klamotten. Sie verhandeln etwas. Gwen nickt zustimmend, woraufhin er ihr einen Geldbeutel übergibt, den sie gekonnt unter ihrer Schürze verschwinden lässt. Sie winkt ihn die Treppe hinauf.

«Was hast du mit Chevalier zu schaffen, Parvenu?», fragt Dupont unterdessen.

«Eine zufällige Begegnung», entgegne ich beiläufig.

Die grobe Hand des Kerls liegt auf Gwens Rücken. Meine Kehle schnürt sich soweit zu, dass ich glaube zu ersticken. Ich beobachte ihn genau. Wie er sie die Stufen hinaufschiebt. Wie er sie mit seinen verfaulten Zähnen angrinst. Wie er ihre Haare ...

«Du siehst aus, als kannst du ein Gläschen vertragen.»

Dupont drückt mir einen Becher in die Hand. Ohne nachzusehen, was drin ist, leere ich ihn in einem Zug. Die Augen immer noch auf die Treppe gerichtet, bis Gwen am oberen Ende verschwindet und die Türe zuschlägt.

Dupont verfolgt meinen Blick und kann sich ein mildes Grinsen nicht verkneifen.

«Mach dir nichts draus, mein Junge», säuselt er, «nächstes Mal nimmt sie dich mit.»

Ich spüre, wie mir ein eiskalter Schauer den Rücken hinunterläuft. Als hätte jemand die Haustür geöffnet und die Kälte des wütenden Schneesturms hereingelassen.

«Wie ist das gemeint, Capitaine?»

Ein schallendes Lachen dringt aus Duponts bärtigem Mundwerk.

«Parvenu», sagt er und legt einen Arm um meine Schultern, «es gibt für dich noch viel zu entdecken, hier in St. Harbour.» Er schenkt mir nach und reißt dann die Flasche in die Luft. «Auf einen langen Winter!», prostet er lautstark.

Ehe ich antworten kann, prosten die anderen Seemänner zurück. Doch nicht nur die von der Albatros. Nein, der ganze Tisch, die ganze Gaststube grölt voller Inbrunst: «Auf einen langen Winter!»

«Auf einen langen Winter», murmle ich nur in mich hinein und leere mein Getränk.

In meiner Kammer ist es eiskalt. Der Sturm drückt durch die Spalten am Fenster. Draußen heult der Wind. Schneeflocken rasen zur Erde. Die Fensterläden scheppern gegen die Hauswand.

Ich setze mich auf die Bettkante nieder und reibe mir die Hände an der Hose. Mein Zeigefinger beginnt auf und ab zu tippen. Ich muss einsehen, dass ich noch nicht einmal müde bin.

Aufgekratzt tigere ich neben der Pritsche auf und ab. Das Bild von Gwen und diesem Kerl hat sich in meinen Kopf gebrannt und mich durchfährt ein nerviges Kratzen, wenn ich mir ausmale, wie es hinter der Tür weiterging. Dazu kommen Duponts Worte. Nächstes Mal nimmt sie vielleicht dich mit. Was hat Gwen überhaupt mit solchen Leuten zu schaffen?

Ich setze mich wieder hin und lockere meine Halsbinde. Mein Kopf sinkt in meine Hände.

Was hat das alles zu bedeuten? Seit wann kümmern mich einheimische Mädchen? Und warum ärgere ich mich nicht wenigstens ein winziges bisschen über Chevaliers Abfuhr? Ich fühle genau das Gegenteil. Ich konnte Gwen einen Strich durch die Rechnung machen und das freut mich ungemein.

Mein Blick fällt aus dem Fenster hinunter auf den kleinen Platz vor dem Gasthaus. Zum Glück muss ich bei dem Wetter nicht ins Badehaus. Gwen hat mir frei gegeben. Der Schnee wirbelt noch immer in dicken Flocken herab und verweht die Fußspuren, die sich in alle Richtungen verteilen. Morgen früh wird es aussehen, als hätte niemals jemand auch nur einen Fuß auf diesen Platz gesetzt.

Mich überfällt ein Gedanke an Frankreich. Was, wenn auch meine symbolischen Fußspuren längst verwischt sind? Oder zumindest verblasst. Fürchte ich etwas, das schon längst nicht mehr existiert? Etwas, das längst vergessen, vielleicht verziehen, ist? Aber würde es etwas ändern? Wenn ich mit aller Gewissheit wüsste, dass ich in meine Heimat zurückkehren kann, würde ich es dann tun?

Eine Gestalt spurtet in hastigen Schritten über den Platz vor dem Gasthaus. Sie schwankt nicht, muss sich nirgends abstützen. Kein Seemann. Die Kapuze tief über das Gesicht gezogen, kann ich jedoch niemanden erkennen. Der lange Mantel weht wild im Sturm. Die roten Handschuhe klammern sich um den Kragen, halten ihn zu. Ich kenne diese Handschuhe.

Wie ein Verrückter schlüpfe ich in meinen Mantel, schnüre das Halstuch fest und verlasse eilig meine Kammer. Die Treppenstufen verschwimmen unter meinen schnellen Schritten. Ich springe von der drittletzten Stufe und haste zur Eingangstür.

«Wolltest du nicht schlafen gehen?»

Tinna.

«Ja», meine ich gedehnt. «Mir ist etwas eingefallen. Ich muss ...»

«Lenny dringend ins Bett bringen», beendet sie meinen Satz.

«Nein.» Ich will mich an ihr vorbei drängen. Doch sie stellt sich in den Weg. «Ich muss noch etwas erledigen.»

Tinna streckt den Arm aus. Sie deutet mit ermahnendem Gesichtsausdruck auf Lenny. Der springt mit einem Krug in der Hand von einer Bank auf den Tisch hinauf. Sein Kopf schlägt gegen den glücklicherweise erloschenen Leuchter. Beim Versuch, sein

Gleichgewicht zu finden, stolpert er von einem Ende des Tisches zum anderen.

«Ach, Lenny», seufze ich.

«Evan!», fällt er mir freudestrahlend um den Hals, als er mich bemerkt, und reißt mich dabei fast zu Boden.

«Schluss für heute.»

Ich zerre ihn in Richtung Treppe.

«Schluss? Aber ich bin noch nicht fertig!»

Lenny reißt sich los und stürmt zum Ausschank. Polternd stößt er gegen Bänke und Tische. Ich kann einen Krug gerade noch auffangen.

«Die letzte Runde für euch beide», meint Tinna und schenkt zwei Becher voll Rum ein.

Lenny schnappt sich den einen. Schnell nehme ich den anderen, bevor er auf die Idee kommt, beide zu trinken. Ich kippe den Inhalt hinunter. Der bittere Geschmack schüttelt mich.

«So mein Lieber, ab in die Koje.»

Ich zerre ihn von dem Hocker herunter und schiebe ihn zur Treppe. Er wendet sich erneut um, doch ich kann ihn am Ärmel festhalten.

«Aber es war doch gerade so schön.»

«Jetzt komm endlich!»

Die Nähte seines Hemdes spannen bedrohlich. Mit Sicherheit geben sie nach, wenn ich ihn weiter hinter mir her zerre. Kurzerhand ändere ich meine Taktik und schiebe meinen Freund nun die Stufen empor. Lenny bemerkt es nicht mal. Er ist träge, wenn er betrunken ist. Sein Körper ist schlaff wie ein nasser Sack. Mit Leibeskräften hieve ich ihn über die Schwelle. Ich stoße die Tür zu seiner Kammer mit dem Fuß auf und platziere ihn stöhnend auf der Pritsche. Vorbildlich ziehe ich ihm die Stiefel von den Füßen und stülpe eine Decke über seinen Körper.

«Bis morgen», sage ich leise.

Lenny ist bereits tief ins Kissen gesunken. Seine Lider flackern müde. Ich muss ein wenig schmunzeln, wenn ich an die vielen Saufgelage an Bord zurückdenke. Lenny ist alles andere als trinkfest. Ich kann von mir zwar auch nichts anderes behaupten, aber dafür lege ich es nicht immer wieder darauf an.

«Evan, ich sage dir», bäumt er sich da erneut auf, «Gwen ist ein wunderschönes Mädchen.»

Ja, wenn Lenny trinkt wird es lustig. Das ist gewiss. Ein Mal ist er singend auf den Ausguck geklettert, um dort eine selbstgemalte Flagge anzubringen, und meinte, er würde das Schiff übernehmen. Wir hatten was zu lachen.

«Schlaf deinen Rausch aus, Lenny.»

Ich wende mich leise zur Tür, damit er nicht aus seinem Halbschlaf erwacht.

«Sag schon, Parvenu! Das findest du doch auch, oder?»

Schneller als ich gucken kann, steht Lenny wieder vor mir. Er kommt näher. Langsam. Weniger schwankend.

«Oder findest du sie nicht schön?»

Auf seiner Visage zeigt sich ein verschwörerisches Lächeln. Ich kenne es bereits, denn genau diesen Ausdruck trägt er immer zur Schau, wenn ihm eine in seinen Augen urkomische Idee gekommen ist, die nach sofortiger Umsetzung verlangt. Ich weiß, dass es nur Ärger bringt.

«Nun sag schon!», fordert er mich erneut auf und verschränkt die Arme vor der Brust.

«Doch», stimme ich vorsichtig zu, «sie ist schön.»

Er nickt bedächtig.

«Weißt du», setzt er an und senkt seine Stimme zu einem geheimnisvollen Grummeln, «ich komme jetzt seit so vielen Jahren hier her. Und ich fahre schon so viele Jahre zur See. Ich habe tausend Städte gesehen. Und tausendmal mehr Mädchen, verstehst du?»

Ein eiskalter Windhauch fährt unter der Tür durch. Mich überkommt eine Gänsehaut.

«Aye.» Ich verstehe.

«Und trotzdem habe ich noch nie ein schöneres Mädchen gesehen als sie. Kannst du dir das vorstellen?»

Er blickt mich scharf an. Lenny ist größer als ich. Er überragt mich um einen halben Kopf. Die blonden Haare kleben ihm fettig an der Stirn. Seine glasigen Augen fixieren meinen Blick, während seine Worte mir noch durch den Kopf schwirren.

«Was ist mit den Mädchen in Montréal?»

Wunderschöne Mädchen. Wirklich wahr. Glänzenderes Haar als das reinste Gold, Haut ebenmäßiger als Alabaster, die glockenhellsten Stimmen und umfangreiche Bildung über Kunst, Literatur und Tanz. Ich war durchaus neidisch, dass sie nur Augen für ihn, den großen, starken Seemann, hatten. Und obwohl Lenny ihnen beiden eine Hochzeit am kommenden Sonntag versprach, leichtgläubig waren die Schönheiten leider auch, und wir an besagtem Sonntag die Stadt schon längst verlassen hatten, jammerte er mir noch tagelang die Ohren voll. Er hatte sich sehnsüchtig auf das nächste Jahr gefreut, wenn er nach Montréal zurückkehren würde.

«Welche Mädchen?» Lenny blickt mich kurz irritiert an. «Willst du behaupten, ich hätte jemals eine andere geliebt als Gwen?», herrscht er mich an.

Sein ausgestreckter Zeigefinger bohrt sich schmerzhaft in mein Brustbein.

«Nein», rudere ich zurück, «natürlich nicht.»

«Ich hatte niemals Augen für eine andere! Niemals!»

Mein Freund leidet offenkundig an einem löchrigen Gedächtnis. Gerade er konnte sich doch kaum noch zügeln, wenn es von Bord ging. Immer gleich den schönen Frauen hinterher.

«Gwen ist mein Ein und Alles. Die Frau meines Lebens. Der Traum meiner schlaflosen Nächte. Die Mutter meiner ...»

«Schon gut», falle ich ihm ins Wort. Das muss ich mir wirklich nicht anhören.

«Gehängt werde, der was anderes behauptet!», flüstert er und bohrt noch tiefer in meine Brust. Lenny richtet sich auf, entfernt ruckartig seinen Zeigefinger und schwankt zurück ins Bett. «Oder besser noch: auf ewig verdammt.» Er verkriecht sich unter der Decke.

Ich presse die Lippen aufeinander. Welcher Teufel ist denn in ihn gefahren?

«Gute Nacht, Evan», sagt er energisch, als er bemerkt, dass ich noch immer wie versteinert an der Tür stehe.

Von außen verschließe ich sorgfältig seine Tür. Am Treppenabsatz halte ich inne. Mir war nicht klar, dass Lenny so stark für Gwen empfindet. Es ist ihm wohl selbst erst wieder eingefallen, als wir den Anker geworfen haben. Wenn er sie so sehr liebt, hätte er dann nicht wenigstens ein paar Mal ihren Namen erwähnt? Wieso hat er nie von ihr erzählt? Und dann leugnet er auch noch die alten Geschichten. Vielleicht messe ich seinen Worten zu viel Bedeutung bei in Anbetracht der Tatsache, dass er ordentlich was in der Krone hat, aber dennoch ist mir mulmig zumute, als ich die Stufen hinabsteige. Lenny ist kaum wiederzuerkennen.

Die Gaststube ist vollkommen leer, als ich die Treppe hinuntergehe. Tinna verschwindet in der Küche. Meine Gelegenheit. Eilig durchquere ich den Gastraum und biege in den Hausflur ein. Monsieur Giroux sitzt auf einem Hocker. Einen Arm auf seinen Stock gelehnt, zieht er die Brauen zusammen, als er mich sieht.

«Es ist stürmisch draußen», informiert er mich.

Er sieht aus, wie eine sprechende Statue. Nichts abgesehen von seinem Gesicht bewegt sich. Als wäre er in Stein gemeißelt. Ein recht schöner Stein genau genommen. Im Näherkommen erkenne ich, dass seine Haut richtig Farbe bekommen hat. Das hauchfeine Rosa lässt die Falten um seinen Mund fast verschwinden. Die vormals wässrigen Augen erscheinen mir wach und klug, fast freundlich. Er sieht ganz und gar erholt aus. Als wäre er in den vergangenen Stunden um Jahre, wenn nicht Jahrzehnte, verjüngt worden.

«Ich bin raues Wetter gewohnt», entgegne ich betont gelassen.

Ich gehe an ihm vorüber und trete unter seiner Beobachtung nach draußen.

Die Tür ist nicht abgeschlossen. Schwer gibt sie unter meinem vorsichtigen Druck nach und ich schlüpfe schnell in das warme Innere des Badehauses. Die Laternen an den Wänden flackern kurz durch den Luftzug. Ich husche hinüber zu einem der Vorhänge, um mich dort zu verstecken. Ein merkwürdiges Kribbeln erfasst meinen ganzen Körper.

Vorsichtig luge ich zwischen den Tüchern hindurch. Ein schrubbendes Geräusch ist zu hören. Und das Schwappen des Wassers in einem Eimer, als würde jemand etwas darin eintauchen und dann auswringen. Aber ich kann niemanden sehen. Ein zweites Schrubben kommt dazu. Eher wie ein Kratzen. Ist noch jemand da?

Ich spähe aus meinem Versteck hervor. Niemand da.

Auf leisen Sohlen schleiche ich vorwärts zur nächsten Kabine. Ich muss den Kopf aus der Tür strecken, um nach vorn zur anderen Seite des Bades sehen zu können. Aus dieser Richtung kommen die Geräusche. Ich wage mich noch eine Kabine weiter. Und noch eine.

Wieder schlage ich den Stoff ein Stück um. Wieder spähe ich hinaus.

Ich traue meinen Augen kaum. Wenn ich nicht wüsste, dass ich kaum etwas getrunken habe, würde ich mich selbst für verrückt halten. Drei Bürsten schrubben gleichzeitig den großen Kessel. Drei Bürsten ohne Hände, die sie halten. Sie schrubben. Sie rubbeln. Sie tauchen in den Wassereimer. Zwei Lappen kommen dazu. Polieren die gesäuberten Stellen. Als wären die Arbeiter unsichtbar.

Ich schleiche aus meinem Versteck hervor. Schritt für Schritt nähere ich mich dem Kessel. Die Augen nur auf die fliegenden Bürsten gerichtet. Wie ist das möglich? Niemand hält sie fest. Nicht einmal Fäden sind daran befestigt. Keine ausgefallene Mechanik. Sie schrubben wie von Geisterhand alle Seifenreste weg. Viel schneller als ich es je könnte.

«Evan!»

Die Bürsten fallen mit einem Knall auf den Boden des Kessels. Ich fahre herum und blicke in Gwens entsetztes Gesicht.

«Ich ...»

Die Worte bleiben mir im Hals stecken. Meine vibrierende Hand zeigt auf den Kessel. Dann zur Tür am anderen Ende. Mein Herzschlag pocht mir gegen den Kehlkopf.

«Die Bürsten, sie ...», stottere ich. Wie geht das? Wie ist das möglich? Soll ich schon wieder geträumt haben? Meine Ohren beginnen zu pulsieren.

Der schwarze Riesenhund knurrt mich grimmig an. In angespannter Haltung streckt er die Schnauze mit den gebleckten Zähnen nach vorn. Die Ohren flach angelegt.

Gwen starrt mich immer noch an. Die Augen so weit aufgerissen, dass rund um ihre Iris das Weiß zu erkennen ist.

«Was tust du hier?», haucht sie mit zittriger Stimme.

«Ich wollte ... ich wollte sehen, ob es dir gut geht», löse ich mich endlich aus meiner Starre, «Ich habe dich mit diesem Kerl gesehen.»

Was tue ich hier eigentlich? Das sind Angelegenheiten, die mich nichts angehen. Ich sollte friedlich schlummernd in meiner Koje liegen.

«Ach, Evan», seufzt sie und schüttelt den Kopf. Sie streicht ihr offenes Haar mit einer Hand zurück.

Ich spähe über den Rand des Kessels. Die Bürsten liegen ruhig auf dem Boden. Die Lappen hängen über dem Rand des Wassereimers.

«Warst du das?»

Gwen antwortet nicht.

«Wie ist das möglich?», frage ich und sehe sie wieder an. Noch immer betrachtet sie die Spitze ihrer Stiefel.

«Ich habe nichts gemacht», murmelt sie so leise, dass ich es kaum verstehe.

Geht das schon wieder los.

«Ich habe es doch mit meinen eigenen Augen gesehen. Ich will wissen, wie das funktioniert», schnaube ich.

«Du hast getrunken», entgegnet Gwen schnippisch.

Sie steigt in den Kessel und beginnt damit, die Bürsten einzusammeln. Ich springe hinterher und schnappe ihr eine vor der Nase weg.

«Von zwei Gläsern ist man nicht so betrunken.»

«Vielleicht reicht es ja für dich.» Sie langt nach der Bürste in meiner Hand.

Ich bin schneller.

«Das reicht nicht mal für eine Ratte, sich so was einzubilden.»

Ich weiche ihr wieder aus.

«Jetzt gib mir endlich diese verdammte Bürste!», keift Gwen mit fuchsteufelswildem Ausdruck in den Augen.

Die Bürste, die ganz nach einem absolut gewöhnlichen Exemplar aussieht, liegt fest in meiner Hand. Ich habe sie weit über den Kopf erhoben. Gwen könnte sie nicht einmal mit einem kraftvollen Sprung erreichen.

«In Ordnung», gebe ich nach und lasse den Arm sinken. Gwen greift nach der Bürste. Ich reiße den Arm wieder empor. Gwen stolpert auf mich zu und kann sich nur durch einen beherzten Griff in meinen Ärmel auf den Beinen halten. «Aber zuerst sagst du mir, wie du das machst.»

Ihre blauen Augen funkeln unheilvoll unter ihren zusammengezogenen Brauen. Sie schnaubt geräuschvoll. Ihr ganzer Körper wird von einer wütenden Unruhe geschüttelt. Sie sieht aus, als will sie am liebsten wie ein Kleinkind mit dem Fuß aufstampfen.

«Bitte», setze ich leise hinzu.

Die Wut verschwindet aus ihrer Miene bis auf einen Hauch. An ihre Stelle tritt ein Flehen, eine stille Bitte. Sie so zu sehen, treibt mich tatsächlich an den Rand der Verzweiflung. Lenny hat Recht. Sie ist wunderschön. Das Klopfen in meiner Brust verwandelt sich in ein schmerzhaftes Stechen. Meine Hand umklammert die Bürste noch fester.

«Kannst du mir nicht einfach glauben?», wispert sie kaum hörbar. «Kannst du nicht einfach glauben, dass du nichts gesehen hast?»

Ich erkenne mit einem Mal die Angst in ihren Zügen. Langsam lasse ich den Arm sinken, spüre ihren erleichterten Atemzug auf meiner Hand, als ich ihr die dämliche Bürste hinhalte und schüttele den Kopf.

«Nein.»

Nur dieses Wort kommt über meine Lippen. Doch dieses Wort bewirkt, dass sich Gwens Aufmerksamkeit von dem Putzwerkzeug zurück auf mein Gesicht richtet. Ihr Brustkorb hebt und senkt sich hektisch. Ihre Augen erinnern mich an das Meer. An die Wellen in einem Sturm. An die Angst, in den Fluten zu ertrinken. Aber ich habe keine Angst.

Ich will es wissen. Ich will es sehen. Es muss eine logische Erklärung geben. Eine ganz einfache.

«Zeigst du es mir?»

Gwen schließt für eine Sekunde die Augen und lässt den Kopf auf ihre Brust sinken. Mit dem Handrücken wischt sie sich über die Wange. Dann greift sie nach der Bürste in meiner Hand. Ich halte sie noch einen Moment fest.

«Gwen.» Sie sieht mich müde an. Die Haut auf ihrer Wange ist gerötet. «Ich werde niemandem davon erzählen, wenn das dein Wunsch ist», verspreche ich.

Regungslos starrt sie mich an. Was sie wohl denkt? Doch ehe ich darüber grübeln kann, reißt sie mir die Bürste aus der Hand und wirft sie mit einer laschen Handbewegung weg, als würde sie den Hühnern Körner hinstreuen. Doch die Bürste landet nicht auf dem Boden. In gleichmäßigen Kreisen schrubbt sie über den Kesselrand. Die Seifenreste lassen einen bläulichen Schaum entstehen, während sie mir unverwandt ins Gesicht sieht.

Vor Verwunderung erstarrt beobachte ich das Schauspiel. Die Bürste kratzt schneller und schneller über das Holz. Ein Lappen fliegt herüber und beseitigt die Schaumreste.

«Liegt es an der Bürste?»

«Nein.»

«Wie machst du das?»

Die Utensilien beenden ihre Arbeit und legen sich neben den Eimer. Gwen sieht mich zweifelnd an. Noch immer vertieft sich die kleine Falte auf ihrer Stirn. Dann zuckt sie tief einatmend mit den Schultern.

«Ich muss nur daran denken.» Sie deutet auf den Wassereimer. Der Lappen erhebt sich erneut aus seiner Lage und wischt über das Holz. «Aber das macht es nicht weniger anstrengend, als wenn ich es mit der Hand tun würde.»

«Bist du eine ... eine Hexe?», entfährt es mir schrill.

«Was? Nein!» Gwen weicht zurück. «Ich bin keine Hexe!»

«Aber wie ist das ...? Wie ...? Das ist ...» Bin ich Zeuge eines echten Wunders?

Gwen tritt noch etwas zurück und knetet unruhig ihre Hände, während sie jede Regung meines Gesichts aufmerksam studiert.

«Absolut unmöglich», nuschle ich.

Sie legt den Kopf schief.

«Ich schwöre, wenn du es irgendwem erzählst ...»

«Werde ich nicht.»

«Mich willst du nicht zum Feind haben, glaub mir», warnt sie und hebt den Zeigefinger so dicht vor meine Nase, dass ich seine Berührung fast spüre.

Ich betrachte ihr Gesicht. Ein paar Haarsträhnen sind ihr in die Stirn gefallen. Sie werfen schmale Schatten über ihre Augen, deren Blick nervös über meine Züge huscht.

«Nein.» Ich vergrabe die Hände in den Manteltaschen. «Zum Feind will ich dich nicht haben.»

21 novembre 1723

«Gwen, meine Liebe, setze dich zu uns!»

Lenny schnappt Gwen am Handgelenk und zerrt sie zu sich auf die Bank.

Ich versenke meinen Blick in der Suppe vor mir.

«Ein wunderbarer Tag heute, nicht wahr?»

«Durchaus», entgegnet Gwen einsilbig.

Ich sehe zu ihr auf, ohne den Kopf zu heben. Ihr Blick wandert über mein Gesicht. Ratlos. Lennys Hand liegt noch immer auf ihrem Arm. Das heißt, genau genommen krallt sie sich hinein.

«Ich werde dich einladen.»

«Einladen?», fragt sie ungläubig.

«Heute Abend. Hausmenü unten im Karibu», strahlt Lenny sie an.

Ich frage mich, woher Lenny das Geld nimmt. Auf der Albatros verdient man kein Vermögen. Und Rücklagen hat er bestimmt nicht.

«Ich muss arbeiten, Lenny.»

«Musst du nicht, ich habe mit dem Alten gesprochen.»

Wann will er das getan haben? Er lag doch bis eben in den Federn.

«Ich muss das Badehaus machen. Evan schafft das nicht allein.»

Sowohl Gwen als auch Lenny sehen mich erwartungsvoll an. Die eine in der Hoffnung, dass ich ihr zustimme. Der andere in der Erwartung, dass ich es abstreite. Sollen sie das unter sich ausmachen. Ein weiterer Löffel Fischsuppe verschwindet in meinem Mund. Und mit vollem Mund spricht man schließlich nicht.

«Was macht ihr da eigentlich die ganze Zeit im Badehaus?», fragt Lenny da und stützt sich auf dem Tisch ab.

Sein vor Neugier gespannter Blick wandert zwischen Gwen und mir hin und her. Als warte er auf eine verräterische Regung in unseren Gesichtern.

«Wir schrubben die Kessel», erkläre ich einsilbig.

Gwen betrachtet mich eingehend. Eine Winzigkeit zu lange. Ich spüre, wie sich meine Stirn in Falten legt. Denkt sie denn ernsthaft, ich erzähle Lenny, was passiert ist? Ausgerechnet Lenny, der absolut gar nichts für sich behalten kann?

«Jetzt erzählt schon!», fordert dieser unterdessen.

Er trägt ein eigenartig falsches Lächeln zur Schau.

«Wir nehmen uns jeder einen Eimer voll Wasser, schrubben mit einer Bürste jeden einzelnen Kessel aus und wischen ihn dann mit einem Lappen trocken. Und das tun wir jeden Abend. Gwen auf der einen Seite und ich auf der anderen.»

«Und das ist alles?»

Ich verdrehe die Augen.

«Ihr unterhaltet euch nicht?»

«Du weißt doch, dass sie nicht viel redet», meine ich genervt und deute mit einer flapsigen Handbewegung auf Gwen.

Ich bemerke das winzige Lächeln auf ihren Lippen und ich erwidere es, ohne darüber nachzudenken. Sie kann also doch über mich lachen.

Lenny zuckt die Schultern.

«Ich meine ja nur», sagt er, «ihr seid immer ziemlich lange dort.»

Er beugt sich über den Tisch zu mir und starrt mich an. Soll das heißen, er beobachtet uns?

«Es sind ja auch viele Kessel», knirsche ich und starre zurück.

«Ich muss weiterarbeiten.» Gwen nutzt die Gelegenheit und befreit sich aus seinem Griff.

«Sehr schade.» Lenny erhebt sich höflich. «Dann muss ich dir wohl ein anderes Mal von der Überraschung erzählen.»

«Sieht wohl danach aus», meint Gwen, ignoriert seine Heimlichtuerei und geht.

«Welche Überraschung?»

Neugier war schon immer meine Schwäche. Lenny sieht Gwen nach, bis diese außer Hörweite ist.

«Sie wird bald mir gehören», spielt er sich dann auf.

Er verschränkt stolz die Arme vor der geblähten Brust. Meine Brauen senken sich über meinen Augen und verdunkeln meine Sicht.

«Ich habe einen Deal mit dem alten Giroux. Noch vom letzten Jahr.» Lennys Stimme ist nur noch ein Flüstern.

«Einen Deal?»

Für mich klingt das schon wieder nach Ärger. Was soll das für ein Deal sein? Will er sie heiraten?

«Er hat wohl letztes Jahr mitbekommen, dass ich was für die Kleine übrig habe. Aber er meinte, er braucht sie noch eine Weile. Also haben wir abgemacht, dass ich dieses Jahr wiederkomme.»

Wie er über sie redet. Die Kleine. Nennt sie eigentlich jeder so?

«Und weiter?»

«Nun ja, hier bin ich.» Er plustert sich noch etwas mehr auf. «Und ich habe genügend Geld, damit ich sie freikaufen kann.»

«Freikaufen?», entfährt es mir zu laut.

«Psst.»

«Wieso freikaufen?», fahre ich Lenny an, der nur ein müdes Lächeln für mich übrig hat.

«Was meinst du, warum sie hier arbeitet? Ihr Vater hatte Schulden bei Giroux.»

Freikaufen.

Wie viel wird er wohl verlangen? Und wo hat Lenny das ganze Geld her?

Ich schlendere hinüber zum Anleger und beobachte, wie einige Schiffe gerade ihre Waren entladen. Auf dem Hafenplatz wird ein kleiner Markt abgehalten. Fisch, ein bisschen Obst und Gemüse, Getreide, Pelze. Was man eben braucht. St. Harbour wirkt viel friedlicher, als ich mich im Inneren fühle.

Ob es stimmt? Ob Gwen die Schulden ihres Vaters abarbeitet? Oder spinnt Lenny sich etwas zusammen? Der Verdienst beim alten Giroux ist sicherlich nicht der beste, aber vielleicht ist er auch nicht ganz schlecht. Für zwei junge Mädchen ohne Eltern doch eine gute Chance, sich über Wasser zu halten.

Ich wüsste schon gern, was der alte Giroux für Gwen verlangt. Ein Geizkragen ist er jedenfalls. Da würde es mich nicht wundern, wenn er sich den Ausfall gut vergolden lässt. Ob er von Gwens Geheimnis weiß? Vermutlich nicht. Der würde sie doch nie gehen lassen. Für keinen Preis der Welt. Oder weiß Lenny etwa davon?

«Hey, was soll das?»

Ein Tumult bildet sich an einem der Stände. Eine Verkäuferin fuchtelt wild mit den Armen. Ich trete näher heran. Steht da nicht Gwen zwischen den Leuten?

«Von mir kriegst du nichts!», spuckt die Frau, eine Dame mittleren Alters in dickem Pelzmantel, «Fangt euern Fisch doch selbst! In fremden Gewässern fischen kannst du doch gut!»

«So hört doch. Ich zahle auch das Doppelte.» Gwen drängt sich an einer zweiten Verkäuferin vorbei. «Ich brauche diesen Fisch.»

«Es interessiert hier aber niemanden, was du brauchst!»

Die Verkäuferin tritt nach Gwens Hund, verfehlt ihn aber knapp.

«Worum geht es?», frage ich einen Pfeife rauchenden Matrosen, der das Schauspiel belustigt verfolgt.

«Die Kleine will Fisch kaufen.»

«Und?»

«Das Weib will ihr nichts geben, weil ihr Alter gestern im Bären war.»

Der Matrose lacht laut auf, als Gwen der Geldbeutel aus der Hand geschlagen wird und sie hastig hinterher springt, um die Münzen wieder einzufangen. Der Hund hechtet auf die Frau zu, die Gwen das Säckchen aus der Hand schlug. Mit ihrem Korb verpasst sie ihm einen heftigen Schlag gegen die Schnauze. Fiepsend schlägt er zu Boden. Sie tritt ihm in den Hinterlauf.

«Bitte, ich brauche diesen Fisch», fleht Gwen im Schnee sitzend und hält der Frau den Geldbeutel entgegen, der mit Sicherheit ein Vielfaches des Preises enthält.

Statt einer Antwort klatscht ihr ein glitschiger Fisch ins Gesicht. Das Weib lässt ihn an der Schwanzflosse kreisen, während Gwen für eine Sekunde geschlagen die Augen schließt.

Das kann ich nicht mit ansehen.

«Guten Tag, die Damen.» Ich dränge mich zwischen den Leuten durch und schlendere um dem Stand herum. Ich begutachte die Auslage, als würde ich etwas von Fisch verstehen. Dabei schmeckt für mich jede Sorte gleich.

«Guten Tag, Monsieur. Was kann ich Euch anbieten?», sprintet die Alte auf mich zu und setzt ihr bestes Lächeln auf.

Angewidert vom Anblick ihrer verfaulten Zähne wende ich den Blick zu Gwen, die noch immer am Boden kauert und mich ansieht, als sei ich ein Geist. Dem Hund scheint es ähnlich zu gehen, auch wenn er mich fest im Visier behält.

«Ich hätte gern, was sie kaufen wollte.» Ich deute auf Gwen und versuche eine möglichst missbilligende Miene aufzusetzen.

«Natürlich! Sehr gern!», trällert die Frau und macht sich sofort an das Verpacken der Waren.

«Dann kann sie es wenigstens nicht haben. Zahlt ihr französisch oder kanadisch?»

«Französisch.» Ich schlage ihr die Münzen in die Hand, ohne nachzusehen, wie viel es ist.

«Oh, sehr großzügig von Euch. Hey, was macht Ihr da?»

Sie zerrt an meinem Ärmel herum, als ich Gwen, die vor lauter Verwirrung weder zu einem Lächeln noch zu einem Wutanfall fähig ist, aufhelfe und ihr den Fisch in die Hand drücke.

«Ich lasse meinen Einkauf ins Gasthaus bringen, was denn sonst», entgegne ich und streiche meinen Ärmel glatt.

Bevor die Alte noch etwas sagen kann, packe ich Gwen am Arm und zerre sie fort.

«Was sollte das?» Gwen macht sich sofort los, als wir in die nächste Gasse einbiegen.

«Was sollte was? Ich habe dir bei deinen Erledigungen geholfen.»

«Wieso?», faucht sie. «Ich habe dich nicht darum gebeten!»

«Nein, aber ich bin ein wohlerzogener Kerl und wollte dir helfen. Und jetzt sollten wir verschwinden, bevor sie uns nachkommen.»

Der Hund knurrt mich an. Er hat seinen Schreck leider sehr schnell überwunden. Gwen bedenkt ihn mit einem vielsagenden Blick, was ihn überraschenderweise verstummen lässt.

Wir gehen nicht den kürzesten Weg. Ich folge Gwen durch verschlungene Gässchen. Schmal und dreckig. Nicht so gepflegt wie die Hauptstraße. Ein Pferdekarren drängt an uns vorbei. Wir pressen uns gegen eine Hauswand, um ihm auszuweichen.

«Was war das eigentlich? Wieso der Aufstand?», frage ich über das Scheppern der Wagenräder hinweg.

«Ach», winkt Gwen ab, «die kann mich einfach nicht leiden.» Sie hastet eilig voran, als der Wagen vorüber ist.

«Und was hat das mit ihrem Mann zu tun?»

Ihr entnervter Blick verrät, dass ich wieder einmal zu viele Fragen stelle.

«Ihr Mann behauptet, dass er zu mir kommt. Was nicht stimmt. Er sitzt die ganze Nacht an der Theke und lässt sich volllaufen.»

«Warum arbeitest du eigentlich für Monsieur Giroux?»

Gwen bleibt stehen, wendet sich zu mir um und stemmt die Hände in die Hüfte.

«Es bringt Geld», erklärt sie prompt. «Und wir haben ein Dach über dem Kopf.»

«Verstehe», meine ich gedehnt.

Gwen schnaubt und beißt die Zähne zusammen.

«Du glaubst mir nicht.»

«Nicht ganz», druckse ich herum. «Ich habe da etwas anderes gehört.»

«Wer hat dir das erzählt?»

Sie sieht aus, als will sie mich jeden Moment am Kragen packen.

«Ist das denn wichtig?»

So wütend wie sie ist, würde sie Lenny vermutlich den Hals umdrehen.

«Ja, für mich schon. Wer hat dir das gesagt?»

Fuchsteufelswild stiert sie mich an.

«Er hat sich nur verplappert», versuche ich, Lenny zu verteidigen.

«Nur verplappert?» Gwen verschränkt die Arme vor der Brust. «Das geht euch beide nichts an!», zischt sie.

Da hat sie recht. Es geht uns nichts an. Es geht niemanden etwas an. Aber jetzt weiß ich es eben.

«Stimmt es nun, oder nicht?», frage ich ungeduldig.

Gwen starrt mich wütend an. Ich muss an das kleine Lächeln von vorhin denken. Es wird wohl das einzige bleiben, das ich jemals von ihr bekomme.

«Es geht dich nichts an, Evan!», faucht sie und stürmt voran.

«Jetzt warte doch.»

Ich hechte ihr hinterher. Der Köter bellt mich wütend an.

«Warum interessiert dich das?» Sie fährt herum und kommt wieder auf mich zu. «Was scheren dich die Schulden meines Vaters? Was kümmert es dich, weshalb ich für Monsieur Giroux arbeite?»

«Ich finde, dass niemand für Fehler einstehen sollte, die er nicht selbst gemacht hat.»

«Ach so», entgegnet sie garstig, «Evan, der Gerechte.»

Das Monster streckt das Maul nach vorn. Ein gepresstes Knurren dringt daraus hervor.

«Außerdem finde ich, dass du etwas Besseres verdienst.»

Jetzt sieht sie richtig wütend aus.

«Und du bildest dir ein, darüber urteilen zu können, was ich verdiene und was nicht? Vielleicht arbeite ich gern für ihn. Darüber schon nachgedacht?»

«Sicher, weil Giroux so ein gütiger Mensch ist und die Arbeit so viel Spaß macht, nehme ich an.»

Der Hund macht einen Satz auf mich zu. Hastig springe ich zurück.

«Hör auf damit!», schimpft Gwen ihn. «Das ist eine Sache zwischen ihm und mir. Also mische dich nicht ein!»

Sie scheucht den Hund fort. Er entfernt sich fünf Schritte. Dann dreht er sich erneut um.

«Jetzt geh schon!», faucht Gwen.

Der Hund knurrt sie an.

«Mach, dass du weg kommst!»

Der Köter entfernt sich langsam. Gwen beobachtet ihn genau. Jeden tapsigen Schritt. Bis zur Straßenecke.

«Und du», herrscht sie mich an, «du weißt ja nicht, wovon du da redest!»

«Nein», sammle ich mich,.«Ich weiß nur, dass Giroux dich für eine stolze Summe an den nächstbesten Seemann verkauft.»

Gwens Züge gefrieren im eisigen Wind. Sie starrt mich aus ihren blauen Augen heraus an. Das heißt, eigentlich starrt sie durch mich hindurch.

«Tut mir leid», rudere ich zurück. «Das war übertrieben. Ich weiß nicht, wie Lennys Abmachung mit Giroux genau aussieht.»

«Lennys Abmachung?», erwacht sie aus ihrer Versteinerung. «Welche Abmachung?»

«Er hat nichts Genaues gesagt. Aber Giroux hat ihm wohl versprochen, dass er dich dieses Jahr freikaufen kann.»

Sie nickt kurz, schaut hinab auf ihre Hände, die das Fischbündel fest umklammern.

«Und Tinna?»

«Er hat nur von dir gesprochen.»

Was hat sie anderes erwartet? Lenny hat nur Augen für sie. Und seine finanziellen Mittel dürften kaum ausreichen, gleich zwei Personen freizukaufen.

Gwen nickt noch einmal. Ihre Finger färben sich weiß, so fest hält sie den Fisch. Ich beobachte, wie ihr Blick zu Boden gleitet. Schnee fällt auf ihr schwarzes Haar. Die Flocken glitzern im Sonnenlicht. Wie kleine Kristalle, die in den Strähnen sitzen. Die Steine ihrer Ohrringe funkeln in dem gleichen Blau wie ihre Augen und mir fällt auf, dass ihre Wange, die sich von dem Schlag rot gefärbt hatte, nun in einem blassen Violett schimmert.

Gwen sieht so abrupt auf, dass mir ein Schreck durch die Glieder fährt. Ihre aufgerissenen Augen sehen in meine. Dann schüttelt sie vehement den Kopf. Etliche Haarsträhnen rutschen aus dem geflochtenen Zopf.

«Was habt ihr euch nur dabei gedacht?», schimpft sie. Tränen steigen ihr in die Augen.

«Wir?»

Was habe ich denn nun mit der ganzen Sache zu schaffen?

«Du willst mir doch nicht erzählen, dass Lenny von ganz allein auf die Idee gekommen ist? Woher soll er denn das Geld haben, wenn nicht von dir?»

«Woher soll ich denn das Geld haben?»

Was denkt sie denn, wen sie vor sich hat? Den König von Frankreich, der mal eben aus Langeweile eine kleine Schiffsreise macht? Mein Herz hämmert gegen meine Brust. In mir kocht eine unerträgliche Hitze.

«Du hast doch gesagt, dass deine Eltern ...»

«Ich bin von zuhause abgehauen. Denkst du die schicken mir einen einzigen Taler?», fahre ich ihr über den Mund, «Die wissen nicht mal, wo ich bin!»

22 novembre 1723

Die Kälte schüttelt mich durch. Die eisige Brise kriecht durch alle Spalten. Auf der Oberseite meiner Decke hat sich eine feine Schicht Reif gebildet. Am Fenster kann man den Eisblumen beim Wachsen zusehen. Ich gieße mir eine Tasse voll heißem Kräutertee ein und lege die Hände um das bemalte Porzellan. Die Hitze brennt auf meiner Haut. Aber ich bin zu müde, dem Schmerz eine Handlung folgen zu lassen. Draußen verkriecht sich die Sonne hinter den schneebedeckten Dächern von St. Harbour.

Ich habe mit dem Steuermann der Iren gesprochen. Ihre Besatzung ist komplett. Aber er könnte mich in einem Weinfass an Bord schmuggeln. Wenn ich mich ruhig verhielte, würde er mich unbemerkt nach Irland bringen. Ich habe ihm nicht abgesagt. Sollte es mein einziger Ausweg sein, werde ich die Reise unter solch widrigen Umständen in Kauf nehmen. Auch wenn er meine gesamten Ersparnisse als Entlohnung fordert.

Ein Husten kriecht meine Kehle hinauf. Ich schlucke es mit dem Tee hinunter. Meine Zunge wird taub.

Morgen werde ich mit Capitaine Martinez sprechen. Angeblich segelt er nach Südamerika. Ich hörte, er sei immer auf der Suche nach Schiffsjungen. Seine Besatzung halbiert sich offenbar nach jeder Reise durch verschiedene Krankheiten.

Meine Hände zittern, als ich die Tasse zurück auf den Tisch stelle. Fast gleichzeitig klopft es gegen die Tür.

Es fühlt sich schon spät an. Die Dunkelheit dringt von draußen in den Raum hinein. Ich habe keine Lust auf Besuch oder Unterhaltungen oder Gesellschaft.

«Es ist offen.»

Gwen lugt durch den Türspalt. Ich erhebe mich höflich. Mir wird schwindelig dabei.

«Du warst nicht beim Mittagessen.»

Seltsam, dass ihr das bei dem Betrieb aufgefallen ist.

«Nein», räuspere ich mich, «war ich nicht.»

«Ich habe etwas Suppe mitgebracht. Wenn du magst?»

Sie tritt herein und verschließt hinter sich sorgfältig die Türe.

«Fischsuppe?»

«Ja.»

Sie stellt die Schüssel neben die Teekanne und wickelt einen Löffel aus ihrer Schürze.

«Schon wieder?»

Das Essen hier ist eintöniger als auf See. Ich frage mich zunehmend, weshalb sich das Gasthaus solch großer Beliebtheit erfreut, wo doch Tag ein Tag aus immer nur Fischsuppe auf dem Speiseplan steht.

Gwen zuckt die Schultern. Unter ihren Augen zeichnen sich dunkle Schatten ab. Ihr linkes Ohr erscheint mir geschwollen.

Ich setze mich und beginne in der Schüssel herumzustochern, lasse sie dabei allerdings kaum aus den Augen.

«Schmeckt gut», sage ich nach zwei Happen, weil ich mich verpflichtet fühle, ein Gespräch in Gang zu bringen.

«Ich werde es Tinna sagen», meint Gwen und verzieht für einen Wimpernschlag einen Mundwinkel. Dann schiebt sie den zweiten Stuhl beiseite, setzt sich und knetet unruhig ihre rauen Hände.

Ich kann es nicht verhindern, dass ich ständig durch den aus der Schüssel aufsteigenden Dunst zu ihrem Ohr sehen muss. Sie trommelt immer wieder ihre Fingerspitzen gegeneinander. Die Haut um ihre Nägel ist eingerissen. Dunkelroter, verkrusteter Schorf klebt daran.

«Alles in Ordnung?», frage ich heiser.

Sie mustert mich einen Moment lang. Ihr Blick gleitet von meiner Stirn über meine Augen, meine eigenartig glühenden Wangen, mein Kinn meinen Hals hinunter und wieder zurück. Mir ist zugleich heiß und kalt. Vor meinen Augen bilden sich Schleier.

«Es tut mir leid, dass ich gedacht habe, dass du Lenny das Geld gegeben hättest», gesteht sie und wendet den Blick von mir ab.

Ich zucke die Schultern und schaue hinunter in meine Schüssel.

«Hätte ja sein können.»

Hätte es nicht. Woher hatte ich denn wissen können, dass Lenny sie kaufen will? Er hat doch nie von ihr gesprochen.

«Ich hätte es nicht einfach annehmen sollen.»

Das stimmt.

Ich schaue sie an und bleibe an ihren Augen hängen. Ich möchte ihr sagen, dass ich nicht so bin. Dass ich Lenny niemals Geld leihen würde. Und schon gar nicht, um ein Mädchen freizukaufen, nur damit er es besitzen kann. Aber wozu? Ich halte den Mund und kämpfe gegen das Krabbeln in meiner Kehle, während mein Blick erneut zu ihrem Ohr gleitet, das immer dicker zu werden scheint. Gwen fährt sich mit der Hand ins Haar und zieht es über das Ohr.

«Was ist damit?»

«Gar nichts», sagt sie und presst die Hand dagegen.

Ich habe nur ein einziges Mal in meinem Leben Armagnac getrunken. Echten französischen Brandy. Richtig edles Zeug. Auf der Zunge war es das auch noch. Edel und auf seine Weise richtig gut, aber als es in meiner Kehle ankam, war der Zauber verflogen. Ein furchtbares Brennen breitete sich darin aus, eine Taubheit, die meine Atmung versagen ließ. Und genau so fühlt es sich an zu sehen, wie Gwen versucht, ihre Verletzung vor mir zu verstecken. Der Abgang echt edlen Armagnacs.

Gwen runzelt die Stirn.

«Geht es dir gut?»

Die Hitze steigt mir zu Kopf. Meine Ohren glühen, pulsieren. Meine Fingerspitzen werden kalt. Als würde sich das Blut aus meinen Gliedmaßen zurückziehen. Ich spüre nichts als Taubheit. Überall.

Gwen springt auf. Sie umrundet den Tisch, umfasst mein Gesicht und verbiegt sich seltsam, um mir in die Augen zu sehen. Dann dreht sie meinen Kopf hin und her. Ganz in ihre Untersuchung vertieft. Ich spüre, wie sich ein feuchter Film auf meiner Stirn bildet. Ihre Hände sind warm. Zu warm. Mir bricht der Schweiß aus.

«Leg dich hin!», befiehlt sie mit beunruhigender Dringlichkeit in der Stimme.

Ich gehorche. In atemberaubender Langsamkeit schlage ich die steife Decke zurück. Gwen zündet die Laterne an, um die Dunkelheit zu verscheuchen.

Ich krieche in die Koje und ziehe den Stoff bis zur Nasenspitze. Ich friere. Meine Lider sind schwer.

Gwen schlägt die untere Seite meiner Decke beiseite. Sie hantiert an meinen Stiefeln herum.

«Was soll das werden?», krächze ich.

«Du hast Fieber.»

Ich fühle mich nicht dazu in der Lage, weitere Fragen zu stellen. Gwen wirft die Schuhe zu Boden und tastet über meine Unterschenkel. Sie schiebt die Hose nach oben.

«Kannst du das spüren?»

«Ja.»

«Bewege deine Füße!»

Ich wackle mit den Füßen und komme mir dämlich vor.

«Ich bin gleich zurück.»

Lenny verschränkt die Arme vor der Brust und streckt die Beine von sich. Mit schief gezogenem Mund betrachtet er mich. Ich liege immer noch in meinem Bett. Gwen hat mir ausführliche Instruktionen gegeben: Liegen bleiben, viel trinken, Schlaf. Aber mir ist schleierhaft, wie man hier tagsüber schlafen soll, wenn auf dem Flur ständig jemand auf und ab rennt. Es sei erwähnt, dass die Dielen höllisch quietschen.

«Wie nennt man das eigentlich, was du hast?», fragt Lenny und wirft einen skeptischen Blick in meinen Becher.

«Keine Ahnung. Gwen meinte es sei eine Art Kälteschock. Tritt hier wohl öfter auf.»

«Noch nie gehört», schüttelt er den Kopf, «Ich habe da ja eine ganz andere Vermutung.»

Im Grunde genommen sind mir Lennys Theorien absolut egal. Mein Kopf dröhnt auch ohne seine Überlegungen genug. Doch im Augenwinkel bemerke ich, wie er sich bereits verschwörerisch zu mir lehnt.

«Damit hat bestimmt der alte Giroux was zu tun», wispert er und klingt in meinen Ohren wie ein tratschendes Waschweib.

«Aber sicher», hauche ich nur.

Mein Kopf sinkt in das Kissen. Wenn doch nur endlich dieses Pochen verschwinden würde.

«Nein, ganz im Ernst. Dem wird doch im ganzen Ort nachgesagt, dass er bei plötzlichen Krankheits- und Todesfällen immer ganz vorn dabei ist.» Lenny beugt sich noch etwas näher zu mir. «Den Wirt von nebenan hat er angeblich auf dem Gewissen. Er hatte ihn eingeladen und nach einem Schluck Rum ist der steif wie ein Brett vom Stuhl gekippt. Mausetot. Und ein anderes Mal hat der Gouverneur einen solchen Hustenanfall bekommen, dass er das

Urteil gegen Giroux nicht verkünden konnte. Ging glaube ich um irgendwelches Geld.»

«Das ist ja wie damals in Nouvelle Orléans. Weißt du noch, wie sie damals den Straßenräuber erschießen wollten, aber das Pulver war aus?»

Und dann ist der Galgen zusammengebrochen. Und schlussendlich stellte sich heraus, dass es ganz und gar der falsche Mann gewesen ist.

«Was?» Lenny rückt von mir ab und schaut mich verwirrt an.

«Die Hinrichtung in Nouvelle Orléans», wiederhole ich etwas ernsthafter.

Nun bin auch ich irritiert. Weiß er das denn nicht mehr? Wir haben noch Tage lang davon gesprochen. Außerdem hat er dort Margery kennengelernt: die Liebe seines Lebens. Obwohl diesen Platz inzwischen ja Gwen eingenommen hat. Nach den Mädchen aus Montréal versteht sich.

«Keine Ahnung, was du meinst», zuckt Lenny die Schultern und erhebt sich. «Ich muss mich jetzt um die Schweine kümmern. Dir fehlt ja offenbar nichts weiter.» Er grinst mich noch einmal an und dann ist er auch schon verschwunden.

Was stimmt denn nicht mit ihm, dass er sich an nichts mehr erinnern kann? Und was sollte denn der alte Giroux von meiner Krankheit haben?

«Konntest du etwas schlafen?»

Gwen befühlt mein Gesicht mit ihren kalten Händen.

«Etwas», gebe ich zu, «Wie spät ist es?»

«Fast zehn Uhr.»

Sie wirft einen prüfenden Blick in meine Teetasse, die unberührt neben meinem Bett steht.

«Du musst mehr trinken, Evan», ermahnt sie mich.

Ihre Worte erinnern mich an meine Mutter. Ich war nicht oft krank. Nie würde ich behaupten. Mal eine kleine Erkältung im Winter, aber das war es dann auch schon. Bei Peppin war das anders. Der hatte nahezu jeden Tag ein anderes Leiden gehabt. Meine Mutter ist jedes Mal auf dieses Spiel hereingefallen. Jedes Mal. Und wenn ich dann mal zwei Tage ans Bett gefesselt war, konnte ich mir etwas anhören. Und das, obwohl sie sich nicht einmal um mich kümmern musste. Dafür gab es schließlich Madame Batalon, das Kindermädchen. Aber der arme Peppin.

Tinna platzt ins Zimmer herein. Wie versteinert bleibt sie stehen, als sie Gwen neben meinem Bett sitzen sieht.

«Oh, du bist hier. Dann ist ja gut», stammelt sie und spielt mit den Bändern ihrer Schürze.

«Hast du den Stall schon fertig?», fragt Gwen kühl.

«Ja, alles erledigt. Ich dachte nur, ich sehe noch schnell, wie es ihm geht», versucht sie sich an einer Erklärung.

Mein Zustand scheint sich ja schnell herumzusprechen.

«Hat er noch Fieber?»

«Ja», meint Gwen, «es steigt wieder.»

«Kann ich irgendetwas für dich tun?» Tinna sieht an ihrer Schwester vorbei zu mir.

«Ich ...»

Meine Stimme versagt. Ein Husten bricht aus mir hervor. Mir ist heiß.

«Ich mache ihm noch einen Eiswickel. Wir werden sehen, ob das hilft. Geh du schon nach oben und leg dich hin», ordnet Gwen an.

Tinna verlässt ohne ein weiteres Wort den Raum.

«Sie ist hilfsbereit», sage ich krächzend.

«Ja, ist sie. Vor allem wenn sie die Aussicht hat, nach Europa zu kommen», meint Gwen zynisch und sieht mich, eine Augenbraue nach oben gezogen, an.

«Sie denkt, ich nehme sie mit nach Europa?»

Empört versuche ich, mich aufzusetzen. Ein zuckendes Stechen fährt in meine Glieder und ich sinke zurück in das Kissen.

«Zumindest weiß sie, dass du von dort kommst und dass euer Schiff im Frühjahr wieder dorthin fährt. Ich glaube es ist ihr egal, ob du sie mitnimmst. Solange sie von dir genügend Informationen darüber bekommt, wie man sich am besten an Bord der Albatros versteckt.»

«Was will sie in Europa?»

«Die Frage lautet wohl eher: Was soll sie in St. Harbour?»

Gwen taucht ein paar Leinentücher in den Eimer zu ihren Füßen und wringt sie gerade so gut aus, dass sie nicht mehr tropfen. Beherzt schlägt sie meine Decke am unteren Ende zur Seite und beginnt in aller Seelenruhe damit, die Tücher um meine Waden zu wickeln.

Obgleich es mir zutiefst unangenehm ist, dass sie das macht, tut die Kälte unwahrscheinlich gut. Ein bisschen als würde man an einem unerträglich heißen Sommertag für einen Moment die Füße vom Steg ins Meer hängen. Ich schließe die Augen und lasse den Kopf noch tiefer in das Kissen sinken.

«Bewege deine Füße!»

Ich tue, wie geheißen.

«Evan?»

Ich schlage die Augen auf.

«Bewege deine Füße!», wiederholt Gwen feldwebelhaft.

«Mach ich doch.»

Ihre Miene wandelt sich in blankes Entsetzen. Sie schaut zwischen meinen Füßen und meinem Gesicht hin und her. Als könne sie sich nicht entscheiden, was von beidem mehr Aufmerksamkeit verdient.

«Sie bewegen sich nicht», haucht sie.

Ich richte mich auf. So gut ich kann. Ich beuge mich nach vorn, zerre die Decke beiseite. Dann sehe ich, dass Gwen recht hat. Meine Füße bewegen sich nicht. So sehr ich es auch versuche.

Gwen zieht scharf die Luft ein. Sie murmelt etwas Unverständliches.

«Was?»

Sie schreckt auf.

«Das wird schon wieder», stammelt sie nur und erhebt sich schnell.

«Wo willst du hin?»

Sie betrachtet mich einen Moment lang. Ihre Lippen pressen sich dabei schmal aufeinander.

«Ich muss ins Badehaus», meint sie, den Blick noch immer an mein Gesicht geheftet.

«Was ist mit mir?», entfährt es mir eine Spur vorwurfsvoller, als ich es beabsichtigt hatte.

«Du bleibst hier.»

Sehr witzig. Wo soll ich auch hin, wenn ich meine Füße nicht bewegen kann?

«Mach dir keine Sorgen. Morgen sieht alles schon wieder ganz anders aus. Ich sage Tinna, dass sie nach dir sehen soll.»

Was soll ich denn mit Tinna? Ich will, dass Gwen bleibt. Auch wenn sie mich weiter mit diesem entsetzten Gesicht ansieht.

«Lass Tinna ins Badehaus gehen», schlage ich vor.

«Schlaf dich aus», entgegnet Gwen bloß.

Die Tür fällt zu.

Ich robbe umständlich auf der Pritsche herum und lehne mich zum Fenster. Mit meinem glühenden Finger wische ich die Scheibe frei. Es ist stockfinster. Nach wenigen Sekunden taucht Gwens Laterne in der Dunkelheit auf. Gefolgt von einer zweiten. Gwen dreht sich herum. Sie sagt etwas. Der andere geht näher an sie heran. Er streckt seine Hand nach ihr aus. Gwen weicht zurück. Eine dritte Laterne taucht auf. Der Schein beleuchtet den seltsamen Hut auf dem Kopf des Mannes. Sein Stock und der gekrümmte Gang verraten, dass es Giroux ist. Giroux scheucht den Mann beiseite. Seine Laterne schwankt bedenklich. Das Licht fällt flackernd auf Lennys Gesicht.

Ich spüre einen enormen Druck auf der Brust. Früher, als ich noch Wettkämpfe im Fechten ausgetragen habe, hatte ich mal eine Verletzung, die mit straffgewickelten Druckbandagen behandelt wurde. Schlimmer als jedes Korsett.

Gwen entfernt sich zwei Schritte, während Giroux scheuchend die Arme hebt. Mit dem unteren Ende seines Stockes stößt er Lenny gegen die Brust. Der taumelt kurz, lässt sich aber nicht beirren. Giroux versetzt ihm einen zweiten Stoß. Kräftiger. Gwen sagt etwas. Doch Lenny hebt ergeben die

Hände. Rückwärts entfernt er sich, den Blick starr auf Gwen gerichtet.

Das Quietschen der Tür weckt mich aus meinem ohnehin leichten Schlaf. Der Lichtschein der Laterne bahnt sich vorsichtig einen Weg in meine Kammer und erfüllt sie mit seinem angenehm warmen Flackern. Sofort richte ich mich auf. Meine schweißverklebte Haut kühlt oberhalb der Decke aus.

«Wie fühlst du dich?», flüstert Gwen, stellt die Laterne auf den Tisch und befühlt meine Stirn, bevor sie sich an die Kontrolle der Wickel macht.

Ich zucke kraftlos die Schultern. Allerdings hege ich erhebliche Zweifel daran, ob die Bewegung überhaupt sichtbar ist.

«Ja, den Eindruck habe ich auch.»

Ihr mitfühlendes Lächeln bereitet mir eine Gänsehaut.

«Morgen gehe ich dir wieder im Badehaus auf die Nerven», rede ich mir flüsternd ein.

«Es ist wohl besser, wenn du dich noch etwas ausruhst», meint sie nur und deckt meine Beine wieder zu. Ihre Hand bleibt auf der Decke liegen.

Ihre Blicke wandern über mein glühendes Gesicht. Die Haarsträhnen kleben unangenehm an meiner Stirn.

«Du siehst erschöpft aus», krächze ich.

Die Schatten unter ihren Augen sind noch dunkler geworden und selbst im warmen Schein der Laterne erscheint ihre Haut fahl.

«Es geht schon.» Gwen erhebt sich.

Ich atme tief ein. Bereit sie davon abzuhalten, mich hier allein zu lassen. Doch sie nimmt nur die Tasse vom Tisch und reicht sie mir. Brav folge ich ihrer stummen Aufforderung. Der Tee schmeckt scheußlich. Bitter bildet die merkwürdige Kräutermischung einen pelzigen Belag in meinem Mund. Gwen setzt sich zurück auf die Bettkante. Ihre Wärme dringt durch die Decke.

«Ich wollte mich nicht einmischen.» Meine Stimme klingt so leise, dass ich die Worte selbst kaum höre.

«Dich nicht einzumischen, scheint nicht deine Stärke zu sein», meint Gwen mit einem Seufzen.

Schuldbewusst sehe ich auf die Decke hinunter, die über meinem Körper seltsame Falten schlägt. Ich spüre ihre Blicke über meine gesamte Erscheinung huschen.

«Weißt du ...» Sie schaut mich an. «Monsieur Giroux wollte uns frei lassen. Im Frühjahr. Ich hätte wissen müssen, dass er uns nicht einfach gehen lässt.»

«Wieso arbeitet ihr für ihn?»

Gwen dreht einen Zipfel meiner Decke zwischen den Fingern. Ich spüre das unregelmäßige Zupfen. Ihre Miene verrät keinen ihrer Gedanken.

«Mein Vater hat ein Stück Land von ihm gekauft. Doch dann hatte er einen Unfall. Er verlor ein Bein, konnte das Feld nicht mehr bestellen und die Schulden nicht mehr zurückzahlen.»

«Und jetzt arbeitet ihr so lange hier ...»

«Bis die Schuld beglichen ist», vollendet sie meinen Satz und nimmt mir die geleerte Tasse aus der Hand.

Gwen stellt sie auf den Tisch und schlägt dann die Augen nieder. Sie faltet ihre Hände im Schoß.

«Was hat Lenny gewollt?», wispere ich und bemerke erst jetzt, dass meine Augen schon wieder zugefallen sind.

«Er wollte mir im Badehaus helfen», sagt Gwen und ich glaube ihr kein Wort.

Doch ich nicke nur. Sie wird schon wissen, weshalb sie mir die Wahrheit verschweigt. Und ich bin nicht sicher, ob ich die Wahrheit tatsächlich wissen will. Lenny hat sich verändert, seit wir hier sind. Sehr sogar.

«Ich wollte nicht, dass er mir hilft», erklärt sie hastig, «Das ist nicht richtig. Es ist deine Arbeit.»

«Mit seiner Hilfe wärst du schneller gewesen.»

«Bevor du hergekommen bist, habe ich es auch immer allein geschafft.»

Ich versuche, meinen Kopf etwas anzuheben, um sie besser ansehen zu können.

«Warum?», räuspere ich mich. «Warum hat Giroux noch nie jemanden für diese Arbeit eingeteilt?»

«Er mag es nicht, wenn Fremde nachts im Badehaus herumschleichen.»

«Und wieso nimmt er dann mich?»

Gwen sieht mich einen Moment lang an. Sie schaut mir ins Gesicht, als würde sie überlegen. Und ich kann in ihren Zügen lesen, dass sie mir auch in dieser Sache nicht die Wahrheit sagen wird.

«Ich weiß es nicht.»

Sie weiß es sehr wohl.

Doch die Müdigkeit übermannt mich und hindert mich daran, ihr weitere Fragen zu stellen. Meine Lider fallen zu und ich bin absolut machtlos dagegen. In höchster Konzentration versuche ich, meine Füße zu bewegen. Doch ich spüre, dass sich nichts unter der Decke regt. Erschöpft sinke ich mit dem Kopf ins Kissen.

«Kann ich dich etwas fragen, Evan?»

Ich nicke mit geschlossenen Augen.

«Wo kommt Lenny her?»

Mühevoll öffne ich die Augen wieder und betrachte ihr Gesicht im Schein der Laterne. Trotz der Erschöpfung, die ihre Züge zeichnet, erscheint ihre Haut weich und ebenmäßig. Ihr offenes, dickes

Haar umrahmt ihr schönes Gesicht und ich kann trotz der Dunkelheit die kleinen blauen Ohrringe zwischen den Strähnen erkennen.

«Frankreich», antworte ich knapp.

«Nein, ich meine», setzt sie an und zweifelt offenbar, ob ich der richtige Gesprächspartner bin, «woher genau? Hat er eine Familie? Wie hat er gelebt, bevor er der Marine beitrat?»

Ich stöhne leise auf. Alles an mir fühlt sich schlapp an.

«Er kommt aus einer Zigeunerfamilie. Ich glaube, sie leben hauptsächlich in Südfrankreich. Sie handeln mit Schmuck, den sie ...»

Ich erspare ihr die Details. Außerdem bin ich nicht in der Position, schlecht über Leute zu reden, die ich nicht kenne. Aber mein Widerstreben ist groß, Lenny in einem guten Licht darzustellen, zumal ich mir nicht sicher bin, welche Absichten er Gwen gegenüber tatsächlich hat. Deren Blick gleitet nun betrübt hinunter zu ihren Händen, die wirsch mit den Bändern ihrer Schürze hantieren.

«Vielleicht hält Giroux die Vereinbarung ja gar nicht ein», flüstere ich leise und hoffe, mehr als es mir zuvor bewusst war, dass es stimmt.

Lenny und Gwen. Wie soll das überhaupt funktionieren? Wie stellt er sich das denn vor?

Gwen atmet tief ein und dann aus. Ihre Schultern sinken zusammen. Die Haare fallen ihr ins Gesicht und versperren mir die Sicht. Ihre Finger wirtschaften immer unruhiger mit den Bändern herum.

«Nein, er wird sie einhalten. Oder er verkauft uns an jemand anderen», sagt sie leise.

Mein Herz schnürt sich fest zusammen. Mit meinen kalten Fingern streiche ich ihr die Haare aus dem Gesicht. Sie haben das Ohr gut verdeckt. Gwens verschreckter Blick hält mich nicht davon ab, die Strähne noch weiter nach hinten zu schieben. Im schwachen Licht erscheint es vielleicht schlimmer, als es eigentlich ist. Zumindest rede ich mir das ein beim Anblick der enormen Schwellung und des dunklen Blutergusses, der sich von ihrer Ohrmuschel ein Stück auf ihre Wange zieht. Um ihren Ohrring erkenne ich eine dunkle Verkrustung, die nur von Blut stammen kann. Wer auch immer ihr diese Ohrfeige verpasst hat, muss enorme Kräfte dafür aufgewendet haben. Kräfte, die überhaupt nicht nötig gewesen wären, für eine Ohrfeige, die es mit absoluter Sicherheit auch nicht war.

Gwen schlägt meine Hand weg und wendet den Blick noch im selben Moment ab. Das Haar fällt zurück in seine alte Position und versteckt sorgfältig die Verletzung.

«Lenny ist ein guter Kerl», sage ich leise und versuche ihr in die Augen zu sehen, «Er trinkt etwas viel und er ist ein Hitzkopf, aber er ist kein schlechter Mensch. Er würde dir sicher niemals wehtun.»

Er kann ihr bestimmt nicht das Leben bieten, dass sie meiner Meinung nach verdient hätte, aber bei ihm hat sie es auf jeden Fall besser als hier.

Gwen hebt den Blick und sieht mir entsetzt ins Gesicht. Ihre blauen Augen haben diesen wässrigen Glanz, den nur Tränen im Stande sind hervorzurufen.

«Wir sprechen offenbar nicht vom selben Menschen», knirscht sie mit zusammengepressten Kiefern.

«Wieso?», frage ich irritiert und werde von einem sprudelnden Unwohlsein übermannt. «Was hat er getan?»

Gwen schüttelt nur den Kopf.

«Nichts», winkt sie ab, «er hat nichts getan.» Dann erhebt sie sich ruckartig, schiebt den Stuhl beiseite, nimmt ihre Laterne vom Tisch und geht zur Tür.

«Was hat er getan?», rapple ich mich auf.

«Gar nichts.» Sie drückt die Klinke herunter.

«Gwen, bitte», flehe ich. «Sag mir ...»

«Ich hoffe, du findest den Hafen, den du suchst», fällt sie mir ins Wort.

«Was?»

Meint sie das ernst? Sie kann jetzt nicht einfach gehen. Was hat Lenny getan? Hat womöglich sogar er ihr das angetan?

«Gute Nacht, Evan!», zischt Gwen mit Nachdruck. Im schwachen Schein ihrer Laterne sehe ich nur noch ihre aufeinandergepressten Lippen in dem immer kleiner werdenden Türspalt.

«Gwen!», rufe ich im Flüsterton. Doch die Tür ist schon zu. Ich komme nicht umhin, dass sich alles nach einem Abschied anfühlt.

23 novembre 1723

«Was haben wir denn hier für ein Problem?»

Giroux' polternde Stimme lässt mich aufschrecken. Er reißt die Kammertür auf. Stampfend tritt er an mein Bett, beugt sich nach vorn und betrachtet mich mit zusammengekniffenen Augen, als wäre ich irgendeine Art lästiges Insekt.

«Das Gerücht macht die Runde, ich hätte einen Todkranken in meinem Haus. Das ist schlecht für mein Geschäft, verstehst du?», mault er.

Der alte Mann wirkt angespannt. Er nimmt den Hut ab und pflanzt sich auf den Stuhl.

«Ist Gwens Pflege nicht gut genug für dich?», fragt er schnippisch.

Es wundert mich, dass er sich überhaupt nicht dafür interessiert, was mir eigentlich fehlt. Aber vielleicht haben Gwen und Tinna ihm das bereits mitgeteilt.

«Gwen war nicht wieder hier», krächze ich und versuche etwas Haltung anzunehmen.

Vor Giroux kann ich nicht einfach auf der Pritsche herumlungern. Ich setze mich auf und unterdrücke das Stöhnen, welches dieser kräftezehrende Akt heraufbeschwört. Die Lähmung ist inzwischen bis zu meinen Knien hinaufgestiegen.

«Was soll das heißen?», fragt Giroux patzig und scheint sichtlich irritiert.

Es passt mir nicht, dass er hier ist. Das ist meine Kammer. Mein Rückzugsort. Der Ort, den allerhöchstens noch Gwen und Tinna aufsuchen dürfen.

Giroux stellt den Gehstock nach vorn und stützt sich darauf ab. Seine klaren Augen betrachten mich intensiv.

Ich ziehe die Stirn kraus. Sein Blick war trüb, geradezu leer, als wir hier angekommen sind. Seine ganze Erscheinung war alt und gebrechlich. Ein abgehalfterter, verkrüppelter Greis. Doch wie schon neulich bei unserer Begegnung im Hausflur erscheint er mir nochmals jünger und kräftiger. Aber keineswegs als hätte er einfach gut geschlafen und würde daher erholt aussehen. Nein, seine Erscheinung ist wie von Zauberhand verändert. Ob er einen jüngeren Bruder hat, der ab und an für ihn einspringt?

«Tinna kümmert sich um mich. Gwen habe ich seit gestern nicht wieder gesehen.»

Tatsächlich hoffte ich jedes Mal, wenn es an der Türe klopfte, dass es Gwen sein würde. Doch schon an der Art, wie sie die Klinke herunterdrückte, erkannte ich jedes Mal, dass es Tinna war. Sie drückt sie schnell und energisch, öffnet die Tür noch im selben Moment. Gwen macht das vorsichtiger. Als wäre sie sich jedes Mal unsicher, ob sie willkommen ist.

Giroux gibt einen eigenartig schmatzenden Laut von sich. Er stampft den Gehstock auf und erhebt sich noch in der gleichen Bewegung. Hektisch humpelnd geht er zur Tür. Nein, es ist immer noch der echte Monsieur Giroux. Und die Verjüngung betrifft augenscheinlich nur seine Visage. Er reißt die Tür auf und brüllt Tinnas Namen über den Flur. Nur wenige Sekunden später trottet sie in meine Kammer.

«Wieso kümmerst du dich um ihn?», kläfft Giroux. Das untere Ende seines Stocks deutet auf mich.

«Gwen sagte, ich hätte die besseren Heilmethoden für diese Krankheit», erklärt Tinna ehrfürchtig. Ihre Stimme vibriert.

«Und warum, meinst du, habe ich deine widerspenstige Schwester mit seiner Pflege beauftragt?», brüllt Giroux.

Tinna fährt erschrocken zusammen. Reflexartig zuckt sie ein Stück zurück, als der Wirt drohend den Stock hebt.

«Damit sie ihn auf ihre Weise ...», murmelt Tinna, doch Giroux hört gar nicht zu.

Was tut sie auf ihre Weise?

«Wo steckt dieses nutzlose Gör?»

«Sie ... sie mistet die Schweine», erklärt Tinna hastig und wagt den zögerlichen Versuch Giroux mit einer einfachen Geste aufzuhalten.

«Das kann sie auch später noch tun! Sie soll sich um ihn kümmern!»

Mir klingeln die Ohren von Giroux' Gebrüll. Tinna steht reglos da. Sie wirft mir einen schnellen, unauffälligen Blick zu, der zugleich schuldbewusst, missmutig und bedauernd ist.

«Jetzt lauf schon und hol sie!», donnert Giroux und scheucht sie mit wild kreisenden Armen zur Tür.

Tinna verschwindet. Giroux leider nicht.

«Nutzlose Dinger!», flucht er.

Er kommt erneut zu mir herüber. Mit seinem Stock schlägt er die Decke zurück und begutachtet meine eingewickelten Beine. Dann geht er zurück zum Tisch, ohne sich die Mühe zu machen, die Decke wieder in ihre Position zu bringen.

Er wendet mir den Rücken zu, doch ich erkenne, wie er eine kleine Dose unter seinem Gehrock hervorholt. Er schraubt sie auf, rührt darin herum und platziert sie auf dem Tisch. Seine Hände kramen in einem Beutel, holen etwas hervor und hantieren damit herum. Mehr kann ich nicht sehen.

Mir kommt in den Sinn, was Lenny sagte. Was wenn der Alte wirklich etwas mit meiner Krankheit zu tun hat?

«Ihr wolltet mich sprechen?»

Gwen betritt den Raum mit einer dicken Schicht Schlamm am Rocksaum. Ihre Hände sind schmutzig. Sie reibt sie notdürftig an ihrer Schürze ab. Angestrengt hält sie den Blick auf den Wirt gerichtet und scheint es ernsthaft zu vermeiden, mich anzusehen.

«Reibe seine Brust damit ein!», befiehlt Giroux und deutet auf die Dose.

«Was ist das?», will ich wissen.

Ungeachtet meiner Frage wirft Gwen mir einen kurzen Blick zu, den sie allerdings sofort wieder abwendet.

«Wird's bald?», bellt Giroux und stützt die Hände abwartend auf den Stock.

«Jawohl.»

War das ein Knicks? Gwen nimmt die Dose vom Tisch und lässt sich auf der Bettkante nieder. Nervös zuckt ihr Blick über mein Gesicht. Ich führe die Hände zum Kragen meines Hemdes und öffne den ersten Knopf. Gwen schaut weg. Mit zwei Fingern taucht sie tief in die Creme ein. Mein Herz beginnt wild zu schlagen. Wieso soll sie überhaupt meine Brust eincremen, wenn doch meine Beine das Problem sind? Gwen verschmiert das Zeug zögerlich unterhalb meines Schlüsselbeins. Ich spüre, wie unangenehm ihr das ist. Mit den allervordersten Fingerkuppen verteilt sie die Paste in kreisenden Bewegungen und ist hochkonzentriert nur ihre eigenen Hände im Visier zu behalten und keinen Blick auf mich zu werfen.

«Ich kann das auch selbst machen», sage ich.

Giroux' Schlag trifft mich überraschend. Sein Stock schwebt drohend über meiner Hand, die sich schon auf den Weg zu meiner Brust gemacht hat. Gebieterisch blickt er auf uns herab.

«Sie macht das.»

Gwen gibt sich alle Mühe, gefasst zu wirken, aber ich sehe ihr trotzdem an, wie aufgewühlt sie ist. Die Salbe stinkt zum Himmel. Nach einer Mischung aus verschiedenen Kräutern, die man über Tage in der Sonne hat gären lassen. Ein bisschen erinnert mich dieser Geruch tatsächlich an meine berühmte Grassuppe, die ich früher, als Kind, auf den Weinbergen zubereitet habe. Mir hebt sich der Magen. Gwen hingegen verzieht keine Miene. Bis auch der letzte Rest der Creme eingezogen ist, streicht sie auf meiner Haut herum. Dann verschwindet ihre sanfte Berührung. Ich knöpfe das Hemd zu.

«Morgen wird es besser gehen», meint Giroux. «Du wirst noch zwei Mal nach ihm sehen heute Abend. Die gleiche Prozedur.»

Gwen nickt nur, ohne ihn anzusehen. Zusammengesunken hockt sie auf der Bettkante. Als wäre meine Gegenwart die schlimmste Bestrafung, die Giroux ihr hätte geben können.

Ich nicke ebenfalls und versuche, darüber hinwegzusehen, dass ich nun stinke wie eine Ratte, die den Kanal verlässt.

Giroux öffnet die Tür. Die Kälte des Flures peitscht herein und lässt mich die Decke höher ziehen. Gwen erhebt sich, bleibt einen Moment stehen und sieht auf mich herab. Sie kaut auf ihrer Unterlippe. Dann wendet sie sich schlagartig ab und verschwindet mit dem Alten.

«Wie lang muss das eigentlich drauf bleiben?»

«Mindestens bis morgen früh», sagt sie mit erhobenem Zeigefinger, «Die Katzenwäsche darfst du also auslassen heute.»

Wunderbar. Ich sinke erschöpft in mein Kissen.

Statt Gwen sitzt wieder Tinna auf meinem Bett, wechselt die Wickel und reibt mich mit dieser Wunderpaste ein. Zwar muss ich gestehen, dass es mir tatsächlich besser geht, die Taubheit sich aus meinen Gliedern zurückzieht und ich meine Füße inzwischen mäßig bewegen kann, aber Gwens Anwesenheit wäre mir lieber. Sie hat sich nach Giroux' Auftritt nicht wieder blicken lassen.

«Wie ist das eigentlich so in Frankreich?», fragt Tinna da plötzlich und lässt sich auf dem Stuhl neben dem Bett nieder. «Braucht man lange mit dem Schiff?»

«Eine ganze Weile.»

«Was soll das heißen?»

«Es heißt», hole ich Luft, «dass es eine sehr lange und anstrengende Reise ist. Der Ozean ist groß. Wenn die Vorräte aufgebraucht sind, sind sie leer. Und die See kann wütend sein.»

«Also ist es halb so schlimm.»

Ich sehe sie irritiert an. Hat sie mir nicht zugehört?

«Ihr Seeleute übertreibt doch immer maßlos, wenn ihr von euren Überfahrten sprecht. Die Geschichten mit den Seeschlangen und den Riesenwellen habe ich euch noch nie abgekauft. Und langsam zweifle ich auch an dem beschwerlichen Leben an Bord. Dafür seht ihr alle immer viel zu gut aus, wenn ihr hier ankommt.»

Sie hätte uns mal vor der Abfahrt sehen sollen. Da sahen wir noch gut aus. Nicht nur, dass wir deutlich mehr auf den Knochen hatten als jetzt. Wir waren gepflegter und anständiger gekleidet. Außerdem voller Energie und in Aufbruchstimmung. Das bewirkt bekanntermaßen ja immer eine gewisse Ausstrahlung.

«Warum willst du unbedingt nach Europa?»

«Hier ist es langweilig», meint sie prompt. «Jeden Tag dieselben Leute. Jeden Tag die gleiche Arbeit. Ich will mal was Neues sehen.»

Ich nicke gedankenverloren vor mich hin. Sehr einfache Gründe in Anbetracht ihrer Situation, die jede Flucht rechtfertigen würden. Oft habe ich mich während der Reise gefragt, ob meine Gründe ausreichend sind und oft genug hat mein Gewissen mir Vorwürfe gemacht, dass nur ein Feigling sich so aus dem Staub machen kann.

«So, nun schläfst du aber erst einmal», ordnet Tinna an und erhebt sich von dem Stuhl.

Ich weiß bereits, dass ich kein Auge zubekommen werde. Die Müdigkeit ist unausstehlich, doch der Gedanke an Gwen hält mich wach. Wieso widersetzt sie sich? Was hat sie gegen mich?

Allerdings ist es auch unfassbar langweilig, so allein in dieser kalten Kammer. Ich sitze auf meiner Pritsche, die heiße Tasse in den Händen, und starre durch das kleine Fenster hinunter auf den Marktplatz. Der Nachtwächter zündet gerade die spärlichen Straßenlaternen an.

Ich versuche mich zur Beschäftigung an einem Buch, das schon vor meiner Ankunft auf dem Tisch lag und hoffe, dass ich dadurch etwas Ruhe finde. Ich überspringe die ersten Seiten. Und noch ein paar. Es ist ein furchtbares Buch. Ich weiß zwar nicht, wovon es handelt, aber ich finde es schrecklich. Ich lege es beiseite. Die Kerze neben mir ist inzwischen ein ganzes Stück heruntergebrannt. Ich frage mich, wie spät es wohl ist.

An Schlaf ist gar nicht zu denken. Meine Lider sind schwer. Jede Faser meines Körpers schmerzt wie nach einem Dreitagesmarsch. Aber mein Geist ist hellwach.

Mein Blick gleitet abermals hinüber zum Fenster. Draußen bedeckt endlose Dunkelheit die Dächer von St. Harbour. Ich kratze an dem Eis herum. Es ist kalt unter meinen Nägeln. Und dann sehe ich ein Flackern. Nur im Augenwinkel. Es verschwindet an der Straßenecke.

«Du willst doch nicht etwa Kessel schrubben, so wie du hier herumschleichst?»

Ertappt fahre ich zusammen. Meine Augen überfliegen den ganzen Raum.

«Dir muss es ja schon viel besser gehen, wenn du dich in die Kälte traust.»

Gwens Stimme scheint von überall zu kommen.

«Ich dachte, etwas frische Luft könnte nicht schaden. Und etwas Bewegung.»

Ich muss gestehen, dass mir jeder Schritt schwer fällt. Meine Gelenke sind steif, wie eingefroren. Das rechte Bein kann ich nur mühevoll bei mir halten.

«Vor allem mitten in der Nacht», höhnt sie in ihrem Versteck.

«Wo bist du?», frage ich in die Leere des Badehauses hinein, das nur durch das Flackern einzelner Leuchten erhellt wird.

«Zweite Kabine, linke Seite.»

Ich folge ihrer Anweisung und betrete die kleine Kabine. Sie ist mit Holzbohlen verkleidet. In ihrer Mitte steht ein großer Kessel, an der Seite ein Fußbad. Gwen ist nicht zu sehen.

«Wie bist du an Tinna vorbeigekommen?»

Eine Planke rechts von mir schiebt sich zur Seite. Durch den Spalt erkenne ich Gwens gerötete Wangen. Die dunklen Haare hängen ihr strähnig ins Gesicht.

«War nicht schwer. Sie hat den Hund gefüttert.»

«Also muss ich mich bei Jakub bedanken, dass du mich beim Baden störst.»

«Beim Baden?», falle ich aus allen Wolken und drehe mich reflexartig von ihr weg. «Es tut mir leid, ich hab nicht gesehen ...»

Das plötzliche Umdrehen bringt mich aus dem Gleichgewicht. Ich kann mich gerade noch an der Wand abstützen. Mein Fuß knickt schmerzhaft um.

«Es ... es tut mir leid, dass ich dich gestört habe. Ich werde ... ich gehe zurück», entschuldige ich mich abermals und hinke zur Kabinentür.

«Nein, warte», ruft Gwen da eilig.

Ich halte inne. Meine Hand, die sich immer noch an der Wand abstützt, pulsiert, als liegt sie auf dem Herz eines Lebewesens. Das Wasser nebenan schwappt.

«Du kannst bleiben», sagt sie. «Wenn du willst, meine ich.»

Unentschlossen werfe ich einen zaghaften Blick über meine Schulter zurück auf den Spalt zwischen den Holzbrettern. Ich kann unmöglich bleiben. Ich hätte gar nicht kommen sollen.

«Hat Tinna dich mit der Salbe eingeschmiert?», versucht Gwen, mich in ein Gespräch zu verwickeln.

«Hat sie», seufze ich, noch immer an derselben Stelle stehend.

Wenn sie sich darum sorgt, dass ich die Medizin nicht bekommen haben könnte, wieso hat sie sich dann nicht selbst um mich gekümmert?

«Sie ist grauenvoll, oder? Allein der Geruch.» Gwens Stimme überschlägt sich fast. «Ist das Fieber weg?»

Ich nicke erst nur, bis mir einfällt, dass sie mich nicht richtig sehen kann: «Ja.»

«Gut.»

Ein leises Seufzen kommt mir über die Lippen.

«Wenn du willst, helfe ich dir nachher mit den Kesseln», meine ich pflichtbewusst.

Meine Beine bewegen sich rückwärts, wieder auf sie zu. Ich fühle mich nicht im Stande, etwas dagegen zu unternehmen. Will ich auch nicht. Ich lasse mich neben dem Spalt auf den Boden sinken und wage es nicht den Blick auch nur ein Stück zu weit in dessen Richtung zu drehen. Stöhnend ziehe ich mein taubschweres Bein heran und umklammere es mit beiden Armen.

«Ich bin längst fertig», sagt Gwen und schweigt einen Moment. «Außerdem dürftest du mir gar nicht helfen. Tinna hat dir doch bestimmt absolute Bettruhe verdonnert.»

«Hat sie durchaus. Aber gerade als ich mich darauf besonnen habe, hast du mich aufgehalten.»

Gwen verstummt auf der anderen Seite. Ich höre, wie das Wasser unruhig im Kessel auf und ab schwappt.

«Was hast du den ganzen Tag gemacht?», frage ich. Es klingt wie ein Vorwurf.

Ist es vielleicht auch. Ich bin kein anstrengender Patient. Ich kann mir nicht erklären, was sie so lästig an mir findet, dass sie Giroux' Anweisungen nicht folgen kann. Obwohl sie das sonst offenbar bedingungslos tut.

«Es gab viel zu tun», redet sie sich heraus.

«Und hast du mit Lenny gesprochen?»

Ob er den Vertrag mit Giroux abgeschlossen hat? Gehört sie jetzt rechtmäßig ihm? Ist er vielleicht der Grund, weshalb sie nicht bei mir war?

«Nicht mehr als sonst. Er schien verärgert zu sein.»

«Weswegen?»

Hoffentlich erfährt er niemals hiervon. Meinen Kopf würde ich ganz gern noch eine Weile behalten.

Das Wasser schwappt mehr als zuvor. Die Wellen schlagen gegen das Holz wie gegen den Bug eines Schiffes.

«Wegen dir.»

Stoff raschelt nebenan. Die Absätze von Stiefeln klappern auf dem Boden. Mit einem Mal steht Gwen in der Tür meiner Kabine. Bevor ich aufspringen kann, sitzt sie auch schon neben mir. Der Duft ihrer warmen Haut gemischt mit dem Bouquet des Lavendelbades strömt mir in die Nase. Ihr noch feuchtes Haar liegt locker über ihrer Schulter. Sie durchkämmt es ein paar Mal mit den Fingern, streicht es zurück hinter die Ohren. Ich bemerke, dass die Rötung beinahe verschwunden ist.

«Er denkt offenbar, du spielst dein Leiden nur vor, damit ich mich um dich kümmere.»

«Wenn er wüsste, dass du dich ja gar nicht um mich kümmerst, würde er wohl anders denken», entfährt es mir eine Spur zu scharf.

Gwen blickt schuldbewusst auf ihre herangezogenen Knie. Ich widerstehe dem Reflex, mich zu entschuldigen. Es ist nur die Wahrheit.

«Hast du ein neues Schiff gefunden?», lenkt sie ab.

Ich spüre ein Zucken unter meiner linken Augenbraue. Eine recht idiotische Frage.

«Wie denn, wenn ich seit Tagen im Bett liege?», keife ich. Mit verschränkten Händen umklammere ich meine Knie noch fester. Ein wildes Pochen rumort darin.

«Wo willst du gern hinfahren?», fährt Gwen ungeachtet meiner patzigen Antwort fort. Erwartungsvoll sehen ihre klaren Augen mich an.

Ich bin nicht wählerisch, möchte ich sagen. Aber das würde unser Gespräch wohl kaum am Laufen halten und auf eine wohlig kribbelnde Art und Weise verspüre ich den Drang noch viel, viel länger einfach so mit Gwen hier herumzusitzen.

«Ich dachte, du könntest mir etwas empfehlen? Im Gasthaus hört man doch bestimmt viele Geschichten von unbekannten Orten», sage ich darum.

«Spanien soll sehr schön sein», überlegt sie. «Zumindest sagen das die Spanier. Und die Iren sagen, dass Irland das schönste Fleckchen Erde ist.» Sie zuckt grinsend mit den Schultern.

«Und die Franzosen finden Frankreich am besten. Schon klar.»

«Du bist der einzige Franzose, dem ich bis jetzt begegnet bin, der das nicht behauptet.»

«Ja, ich bin ein komischer Franzose.»

Ein komischer Franzose. Ein komischer Sohn. Ein komischer Seemann.

«Du bist ein komischer Typ», rutscht es ihr heraus.

Erschrocken reißt sie die Augen auf. Jede winzige Bewegung ihres Körpers gefriert augenblicklich, was sie daran hindert, sich die Hand vor den Mund zu schlagen. Ihr Herz scheint so laut zu schlagen, dass ich mir fast einbilde, es hören zu können. Jeden einzelnen Schlag.

«Du auch.» Meine kratzige Stimme bringt nur ein Wispern hervor.

Ihr steigt die Röte ins Gesicht. Erneut streicht sie sich das Haar zurück und senkt dann den Blick auf ihre Schürze. Ihre Finger spielen mit einer Falte im Stoff.

Gefühlte Stunden vergehen, in denen ich einfach so neben ihr sitze und sie anstarre. Ich kann nicht anders. Die glänzenden Strähnen in ihrem nassen Haar und die kleinen Wassertropfen, die darauf sitzen wie winzige Perlen. Das Rot auf ihren Wangen und ihren Lippen. Der Pulsschlag, der unter ihrer dunklen Haut sichtbar wird und immer stärker gegen ihren Hals pocht. Ihr Brustkorb, der sich heftig hebt und senkt, weil sie weiß, dass ich sie beobachte. Als wäre sie erschöpft davon, lässt sie den Kopf gegen die Wand sinken. Sie schließt die Augen. Aus ihrem Mund dringt ein leises Keuchen und ich stelle mir die kleinen Wolken vor, die draußen in der Kälte daraus emporsteigen würden. Ohne den Kopf von der Wand zu nehmen, dreht sie ihn in meine Richtung und schaut mich an.

«Erinnerst du dich an meine Bedingung?», wispert sie.

«Dass ich keine Spielchen spielen soll?»

«Die andere.»

«Ich soll mich von dir fern halten.» Mein Herz sinkt hinab in meinen Bauch.

Gwen nickt schwerfällig. Das Blau ihrer Augen hält mich gefangen.

«Ich kann es nicht.» Gwen seufzt leise. Nein, ich kann es nicht.

«Es tut mir leid, Evan», haucht sie und legt ihre Hand auf meine Schulter. So dicht an meinen Hals, dass ihre Fingerspitzen die Haut über meinem Halstuch kitzeln. «Es tut mir wirklich leid.»

Was genau meint sie denn? Meine Krankheit, an der die zugigen Fenster schuld sind? Dass sie nicht nach mir gesehen hat, obwohl es ihre Aufgabe war? Dass ich mitten in der Nacht durch den Schnee gestapft bin, obwohl ich im Bett liegen sollte? Doch noch während sich die Gedanken in meinem Kopf drehen, steht Gwen auf und geht zur Tür. Das heißt, sie geht nicht, sie rennt und verschwindet dann, ohne mich noch einmal anzusehen.

24 novembre 1723

Die Glocke der nahen Kirche schlägt elf Mal, als ich die Treppe zum Gastraum hinuntersteige. Ich bin schon seit Stunden wach. Und obwohl die Taubheit inzwischen vollkommen aus meinen Gliedern verschwunden ist und ich wieder volle Kontrolle über meinen Körper habe, kam es mir vor, als könnte ich mich nicht bewegen. Ich hatte keine Lust aufzustehen. Und schon gar nicht darauf, mit Lenny zu frühstücken und mich seiner Tirade von Vorwürfen auszusetzen.

Die Tische sind gut besetzt. Das Mittagsgeschäft ist in vollem Gange. Ich erkenne unseren Steuermann und einige andere Matrosen am hinteren Ende des Raumes. Geräuschvoll stoßen sie ihre Krüge zusammen und pfeifen Gwen hinterher, die an ihnen vorübergeht.

Auf eine Begegnung mit Gwen habe ich beinahe genauso wenig Lust wie auf ein Zusammentreffen mit Lenny. Ich frage mich, weshalb ich mir überhaupt die Mühe gemacht habe, mitten in der Nacht hinüber zum Badehaus zu laufen. Und wieso kümmere ich mich überhaupt um sie? Sie kann mir doch egal sein. Was schert es mich, ob sie mich mag oder nicht? Ich verschwinde im Frühjahr doch sowieso. Und mit etwas Glück nicht Richtung Frankreich.

Leider ist Gwen meine einzige Chance, an etwas Wasser zu kommen. Meine Kehle ist trocken wie Staub. Das Fieber hat mir offenbar alle Flüssigkeit ausgetrieben.

Sie wagt es kaum, mir in die Augen zu sehen, als ich bestelle. Hastig füllt sie einen Becher und stellt ihn mit zittrigen Händen vor mir auf den Tresen. Ich nehme auf einem Hocker Platz und trinke einen Schluck. Wieso sollte ich mich verziehen? Ich habe nichts Falsches getan.

«Gut geschlafen?», fragt Gwen, den Blick immer noch auf die Arbeitsplatte geheftet.

Ist das ihr Ernst? In meinem Magen mischen sich Wut und Unverständnis. Hinzu kommt noch mehr Wut über mich selbst. Ich sollte mir einfach keine Gedanken mehr machen.

«Es gab schon bessere Nächte», murmle ich und es ist mir egal, wie vorwurfsvoll das klingt.

Gwen zieht scharf die Luft ein. Sie strafft die Schultern und schafft es endlich, mir ins Gesicht zu sehen. Es kostet sie augenscheinlich enorme Überwindung.

«Evan, ich ...»

«Hey, Kleine!»

Ich wende den Kopf um und erkenne Olivier. Er ist Koch auf der Albatros. Ein kahlköpfiges Fass von einem Mann. Jetzt lehnt er auf der Theke und beugt sich weit zu Gwen hinüber.

«Heute Abend?», fragt er kratzig.

Heute Abend was?

Gwens Blick springt zwischen seinem ranzigen Gesicht und meinem hin und her. Sie seufzt leise. Aber ich bin sicher, dass es Olivier nicht auffällt. Ungeduldig mit dem Fuß wippend gafft er sie an. Gwen zwingt sich zu einem freundlichen und zugleich verwegenen Lächeln.

«Heute Abend klingt ...»

«Bedauerlicherweise hat sie schon was vor», grätsche ich dazwischen und nippe an dem Wasser.

Die beiden sehen mich irritiert an.

«Wieso? Du hast es mir versprochen!» Oliviers Enttäuschung lässt ihn die Hand auf den Tresen schlagen.

«Sie hat aber schon eine Verabredung», improvisiere ich. Was tue ich hier eigentlich?

«Ach ja?» Der Koch wird noch wütender. «Mit dir kleinem Würstchen, oder was?», keift er und packt mich so energisch am Kragen, dass das Wasser aus dem Becher schwappt.

«Jetzt reißt euch mal zusammen!», fährt Gwen zwischen uns und schafft es, seine klobigen Finger von meinem Kragen zu lösen. «Ich finde einen anderen Abend für dich», beschwichtigt sie Olivier auf die Schnelle.

Die Laune des Kochs hebt sich augenblicklich. Er verabschiedet sich mit einem widerlichen Zwinkern und einem hasserfüllten Blick in meine Richtung.

«Was soll das?», echauffiert sich Gwen. «Ich kann das nicht, Evan», wispert sie aufgeregt. Ihre Stimme klingt rau. Die Ehrlichkeit bringt sie zum Beben. «Im Ernst, was hast du dir dabei gedacht? Ich kann nicht mit dir ...»

Eine Hand knallt vor mir auf den Tresen.

Kann man sich hier nicht einen einzigen Moment in Ruhe unterhalten? Wütend drehe ich mich herum und sehe in Lennys nicht weniger wütendes Gesicht.

«Er hält es nicht ein», stammelt der. «Er hält sein Versprechen nicht ein.»

Gwen und ich tauschen einen schnellen Blick. Uns ist sofort klar, dass er Giroux meinen muss.

«Welches Versprechen?», fragt sie Lenny und spielt die Ahnungslose.

«Er hat versprochen, dass ich dich freikaufen kann. Aber er hält es nicht ein.»

Gwens Gesichtsausdruck verändert sich unmerklich. Eine Art grauer Schleier legt sich über ihre Miene. Ihr Blick wird trüb. Die einzige realistische Chance, aus diesem Loch herauszukommen, ist verpufft. Ihre Hände beginnen zu zittern.

«Wieso nicht?», will ich wissen.

«Er braucht dich noch», sagt Lenny an Gwen gewandt und ignoriert mich. «Eine unverzichtbare Arbeitskraft», äfft er Giroux nach.

Ich seufze so leise, dass weder Lenny noch Gwen es bemerken.

«Das tut mir leid, Lenny», sagt Gwen gefasst und tatsächlich hört man kaum, dass sie lügt.

«Er scheint ganz besessen von dir.» Lenny schlägt abermals auf den Tresen. «Besondere Gabe hin oder her. Er hat mir sein Wort gegeben!»

Gwen starrt Lenny entgeistert an. Fast noch mehr als mich damals, als ich von ihrer Fähigkeit erfahren habe. Ich schnappe nach Luft.

«Er redet manchmal wirres Zeug», dementiert Gwen das Gerede.

«Sein Geschäft kann er sich sonstwohin stecken! Es war fest vereinbart. Mit Handschlag», regt Lenny sich weiter auf. «Mir doch egal, was er dich für Zaubertricks aufführen lassen will. Ich habe mich ...»

In meinem Inneren bildet sich ein Hohlraum. Gähnende Leere, die jeden Gedanken, jedes Gefühl einfach verschluckt. Ich sehe zu Gwen. Ihre geweiteten Augen starren mich an. Ihre entgeisterte Miene wandelt sich in Entsetzen. Ein eiskalter Schauder erfasst mich. Ihr Entsetzen wandelt sich in Wut. Der Hohlraum verschlingt mich. Die Wut wird zu nacktem Hass.

«... doch nicht das ganze letzte Jahr abgerackert, damit ich jetzt mit leeren Händen dastehe!» Lenny greift ungefragt nach einem Becher Rum.

Gwens Augen halten mich noch immer gefangen. Ich weiß, was sie denkt.

«Entschuldigt mich», presst sie hervor, schlägt das Wischtuch heftig auf den Tresen und wendet sich im selben Moment ab.

Ich springe sofort auf. Ich muss ihr nachgehen. Wenn sie denkt, ich hätte sie verraten, muss ich das richtigstellen.

Der Schlag trifft mich unerwartet. Lennys Hand krallt sich in mein Hemd. Mit voller Kraft presst er mich gegen den Holzbalken, der die beiden Teile der Theke verbindet.

«Für wen hältst du dich eigentlich, Parvenu?», knirscht er und spuckt den Namen in mein Gesicht. Das wütende Funkeln seiner blassen Augen lässt mich erschaudern. «Denkst du ernsthaft, du kannst hier einfach aufkreuzen und dir mein Mädchen schnappen? Das hätte ich nicht von dir gedacht, Parvenu. Von jedem anderen, aber nicht von dir!»

Er verstärkt seinen Druck. Ich bekomme kaum Luft. Hitze und Kälte brennen zugleich auf meiner Haut. Schwarze Flecken schwirren über mein Sichtfeld.

«Du weißt genau, was ich für sie empfinde. Aber du hast ja nichts besseres zu tun, als einen auf krank zu machen.»

«Ich war krank.»

Er schlägt meinen Kopf gegen das Holz. Ich hoffe, das Knacken stammt von dem Balken.

«Dann schleicht sie also mitten in der Nacht aus deinem Zimmer, weil du krank warst», spuckt er. «Und du folgst ihr ins Badehaus, weil du todsterbenskrank warst? Und jetzt ruinierst du meine Abmachung?» Abrupt lässt er mich los. Ich ringe nach Atem. «Wir sind die längste Zeit Freunde gewesen!»

Lenny fasst eine Flasche. Mit voller Wucht wirft er sie gegen den Balken und trifft ihn direkt über meinem Kopf. Ich kann dem Scherbenregen gerade entkommen.

«Hier steckst du», japse ich.

Keuchend erreiche ich den kleinen Bach etwas entfernt von den Häusern St. Harbours. Seit Stunden suche ich alle Winkel der Stadt nach ihr ab.

Gwen tunkt ungerührt ein Hemd in die eisige, seltsam grün gefärbte Plörre. Ein paar Waschfrauen in zehn Schritten Entfernung sehen zur mir herüber. Gwen macht sich nicht die Mühe.

«Kann ich mit dir sprechen?», frage ich vorsichtig und leiser als zuvor.

Die Frauen wenden die Blicke zwar ab, doch ihre Ohren lauschen noch immer in unsere Richtung. Gwen dreht unterdessen den Stoff zusammen und wringt ihn aus. Bis auf den letzten Tropfen.

«Ich weiß, was du denkst, aber ...»

«Was denke ich denn?» Sie nimmt eine Schürze aus dem Korb und taucht sie tief ins Wasser.

«Du denkst, dass ich dich verraten habe ...»

«Ja», springt sie auf, «vielleicht denke ich, dass du mich verraten hast.»

Neben ihr taucht der Köter auf. Bissig fletscht er die Zähne. Das Blut in meinem Körper kühlt bis auf null Grad ab.

Ein undurchdringlicher Ausdruck liegt in Gwens Blick. Ich habe keine Chance, dahinter zu sehen. Zwischen uns liegt eine unsichtbare Barriere. Unnachgiebig. Schwer. Unüberwindbar.

«Aber ich habe dich nicht verraten», konstatiere ich, lege all meine Überzeugungskraft, alle Ehrlichkeit, die mir innewohnt, in diese Aussage.

Gwen knetet die tropfende Schürze in den Händen.

«Ich habe dir versprochen niemandem davon zu erzählen.» Meine Überzeugungskraft verpufft, noch während ich spreche.

«Spare dir deine Versprechen, Evan!», knurrt sie.

Der Hund postiert sich in Lauerstellung. Ein Pochen beginnt hinter meiner Braue. Mir wird schwindelig vom Pulsieren meines Herzens.

«Gwen, bitte ...»

Ein Klatschen. Die nasse Schürze trifft mich am Oberarm.

«Was soll das?», keife ich aufgebracht.

«Wieso hast du das getan?»

Noch ein Schlag. Durch den Stoff meines Mantels sickert nasse Kälte.

«Antworte mir!», schreit sie. «Wieso hast du das getan?»

Sie unterstreicht jedes ihrer Worte mit einem neuen Schlag. Rechts. Links. Rechts. Links. Ich will ausweichen, doch sie ist schneller. Ich weiche zurück, doch Gwen kommt auf mich zu. Das wilde Funkeln in ihren Augen lässt mir das Blut endgültig gefrieren. Das schwarze Monstrum starrt mich von unten aus seinen teuflischen Augen an.

«Du bist der Einzige, der davon wusste», faucht sie. Auf ihrer Nase entstehen Fältchen vor Abscheu. «Du bist der Einzige, der es wusste!» Sie kommt noch einen Schritt näher. Instinktiv weiche ich zurück. «Wieso hast du das getan?»

Ich sehe, wie Tränen beginnen ihre Augen zu füllen. Wütende Tränen.

«Ich habe nichts getan, Gwen», versuche ich, sie zu beruhigen.

Meine tauben Hände legen sich an ihre Arme. Sie soll mir doch nur zuhören. Mich trifft ein weiterer Schlag. Viel kräftiger als die vorherigen.

«Ich hätte dir niemals vertrauen dürfen!»

«Ich habe nichts getan», bekräftige ich. «Ich habe niemandem davon erzählt. Niemandem!»

Ihr Misstrauen lässt mein Herz gegen meine Brust hämmern. Das Pochen hinter meiner Augenbraue wird stärker. Vorsichtig mache ich einen Schritt auf sie zu. Sie bleibt stehen. Ich spüre ihre Wut, die scheinbar um sie herum pulsiert. Ihr Atem geht schnell. Kurz und hektisch. Der Köter kläfft mich böswillig an.

«Was hätte ich auch davon?», frage ich leise.

«Dass Lenny mich nicht haben kann.»

Sie erschlägt mich. Mit Worten. Nicht mit der Schürze. Ich höre geradezu das Rattern hinter meiner Stirn. Und ich spüre das Kopfschütteln, mit dem ich versuche, es loszuwerden. Aber es hilft nichts.

«Er wollte mich gehen lassen! Verstehst du das? Ich hätte frei sein können.»

Eine Träne rollt ihrer Wange hinab. Ich will sie wegwischen. Sie soll nicht weinen. Niemals. Ich bin nicht der Verräter, für den sie mich hält. Ich bin ihr Freund. Ich will ihr nichts Böses. Sie hebt abweisend die Hand. Ihr missachtender Blick, die angewidert gerümpfte Nase versetzen mir einen Stich mitten ins Herz. So tief und so schmerzhaft, dass mir die Luft zum Atmen fehlt. Gwen wendet sich ab.

Sie darf nicht gehen!

«Gwen, warte. Gwen!»

Ich greife nach ihrem Arm. Der Hund schießt empor. Als Gwen herumfährt, baumelt der Ärmel meines Mantels schon in Fetzen von meinem Unterarm.

«Bleib bloß weg von mir!»

25 novembre 1723

Der Schlag auf meine Schulter lässt mich abrutschen. Nur knapp verfehlt die Messerspitze meinen Handballen.

Ich blicke auf und erkenne einen der Matrosen der Albatros. Er kommt mir kaum bekannt vor. Wir haben in unserem Leben vielleicht zwei Worte miteinander gewechselt. Aber jetzt liegt ein anerkennender Ausdruck auf seinem zernarbten Gesicht. Er grinst mir mit seinem zahnlosen Mund zu. Dann setzt er seinen Weg zu einem der hinteren Tische fort.

Was war das denn?

Kopfschüttelnd wende ich mich wieder meiner Schnitzerei zu. Die Späne segeln auf die Tischplatte hinab. Das Schaben des Messers auf dem Holz war bisher immer ein angenehmes Geräusch für mich. Es erinnerte mich an früher, als die Dinge noch unkompliziert waren, als ich kleine Anhänger für Louises Kette geschnitzt habe oder Puppen für ihr Puppenhaus. Aber jetzt gerade treibt mich dieses Geräusch in den Wahnsinn, obwohl die kleine Figur, die bei meinem Tun langsam Form annimmt, gar nicht schlecht aussieht. Von dem Ausrutscher abgesehen.

Capitaine Dupont nimmt auf der gegenüberliegenden Seite meines Tisches Platz. Auch er trägt ein eigenartiges Grinsen zur Schau.

«Stimmt etwas nicht, Capitaine?», frage ich vorsichtshalber.

Gibt es in den anderen Gasthäusern eigentlich keine Gaststuben? Mir kommt es jedenfalls vor, als würden immer alle in den Bären kommen.

Ich will sie gar nicht sehen. Ich will niemanden sehen.

«Sag du es mir», lacht Dupont.

Ich überlege einen Moment.

«Nein, alles in Ordnung», entgegne ich pampig und versuche die merkwürdigen Lachfalten um seine Augen zu ignorieren.

«Wunderbar», sagt er nur und macht sich schon daran zu gehen.

Ich habe keine Nerven für dieses Spiel.

«Was ist wunderbar?», stoppe ich ihn. «Was ist hier los?»

Dupont lässt sich wieder auf die Bank fallen. Sein Grinsen wird noch breiter. Über meine Schulter hinweg sieht er hinüber zu den anderen Seemännern. Ich folge seinem Blick und bemerke ihre feixenden Mienen.

«Nun», beginnt Dupont mit brummiger Stimme, «es geht das Gerücht um, du hättest eine sehr ausführliche Krankenpflege genossen.»

Das schon wieder. Ich verdrehe innerlich die Augen. Gibt es denn niemanden in ganz St. Harbour, der mir glaubt, dass ich wirklich krank gewesen bin? Was glauben die denn, was Tinna und Gwen mit mir getrieben haben?

«Ja, sie war gut.»

Aus dem Mund des Capitaine dringt ein schallendes Lachen.

«Und?», frage ich weiter.

«Wenn man auch nachts so gut umsorgt wird, ist es ja kein Wunder, dass du so schnell wieder auf den Beinen bist.»

Was soll das denn nun wieder heißen? Ist das Lennys Rache? Oder Oliviers?

«Wie ich es dir gesagt habe, Parvenu», meint Dupont im Aufstehen, «Irgendwann nimmt sie dich mit nach oben.»

Er zwinkert mir bedeutungsvoll zu, bevor er zu den anderen hinübergeht und mich an meinem riesigen Tisch allein zurücklässt.

«Wasser?» Tinna hält mir einen vollen Becher unter die Nase.

«Merci», entgegne ich einsilbig.

Sie stellt das Glas ab. Doch statt sich sofort wieder an die Arbeit zu machen, beobachtet sie mich dabei, wie ich meine Schnitzerei in etwas Undefinierbares verwandele.

«Was ist mit deinem Mantel passiert?»

Ich lege das Messer an und drücke es in das Holz.

«Jakub ist passiert.»

Eigentlich wollte ich gleich nach dem Essen hinunter zum Schneider laufen. Vielleicht ist das Kleidungsstück noch zu retten. Ansonsten werde ich wohl etwas Neues kaufen müssen.

«Das tut mir leid.»

Mir tut es auch leid. Der Mantel gehörte zu den wertvollsten Dingen in meinem Besitz. Echte irische Wolle. Meine Mutter hatte ihn von einem Besuch bei ihren Eltern mitgebracht. Trotzdem bin ich froh, dass dieses Monster nur den Stoff erwischt hat.

«Jakub gibt nur auf sie Acht. Er wollte dir bestimmt nichts Böses.»

Bestimmt nicht. Deshalb fällt er mich auch an. Ich lege das Messer aus der Hand.

«Weißt du, wo ich Gwen finde?»

Ich bin mir nicht sicher, ob ich sie wirklich suche oder ob ich mir eine Strategie überlege, wie ich ihr am besten aus dem Weg gehen kann.

«Sie arbeitet im Badehaus.»

Tinna deutet mit der Hand auf die Küchentüre und verschwindet.

Also kein Bad heute. Ich will sie nicht sehen. Was denkt sie denn, wer ich bin? Erst soll ich Lenny geholfen haben und jetzt tue ich alles, um ihm eins auszuwischen? Ich bin kein Verräter.

Eine innere Stimme wispert unheilvoll. Verräter! Verräter! Ich schüttle den Kopf. Verräter!

Ich bin kein Verräter! Nicht mehr. Nie wieder.

Ich stecke das Messer und das Holz ein. Wenn ich nicht baden kann, sollte ich mich wenigstens etwas an der Waschschüssel betätigen. Also schleppe ich mich hinüber zur Küche, um warmes Wasser zu holen. Tinna ringt dort gerade mit einem klebrigen Hefeteig. Wortlos nehme ich einen Krug von der Anrichte.

«Gwen reagiert manchmal etwas über, weißt du. Sie wird sich schon wieder einkriegen und dir noch eine Chance geben.»

Tinna sieht mich mit ihren großen Augen an, deren Abenteuerlust heute einer verschreckten Schüchternheit gewichen ist.

«Was hat sie denn gesagt, was passiert ist?»

Kleine Bläschen steigen im Wassertopf auf.

«Nun ja», druckst sie herum. «Wir wissen ja beide, dass Gwen etwas Besonderes ist.»

«Also weißt du es auch!», fahre ich herum. Dann bin ich ja doch nicht der Einzige.

«Ich bin ihre Schwester», meint sie, als wäre es eine vollkommen logische Erklärung. «Und es tut mir wirklich furchtbar leid, dass du in diese ganze Sache hineingeraten bist.»

«Ich habe sie nicht verraten.» Tinna senkt den Blick hinunter auf ihre im Teig steckenden Finger.

«Ich habe niemandem davon erzählt. Das würde ich niemals tun.»

«Ich weiß», winselt sie leise und wagt es nicht, mich anzusehen.

«Du weißt das? Was soll das heißen?» Aber in diesem Moment wird mir auch schon klar, was es heißt. Ich atme tief ein. So tief, dass sich mein ganzer Körper aufrichtet. «Du hast sie verraten?»

Tinna tänzelt unruhig auf der Stelle. Ihre Hände zittern, während sie sie vom Teig befreit.

«Ich wollte das nicht», jammert sie.

Ihre Finger krallen sich in den Rand der Schüssel.

«Was ist geschehen?»

Sie schüttelt wild den Kopf. Das Haar rutscht ihr aus dem Zopf.

«Monsieur Giroux hat mich erpresst. Er hat geahnt, dass Gwen irgendwie anders ist. Kein Mensch kann so schnell ein ganzes Badehaus reinigen. Allein.»

«Was hat er getan?»

«Er sagte, es gäbe einen Seemann. Einen Engländer, der mich freikaufen wollte.» Ich ahne, worauf das hinausläuft. «Aber er wollte dem Vertrag nur zustimmen, wenn ich euch hinterhersteige und ihm alles erzähle.»

«Du hast uns ausspioniert?» Meine Stimme klingt schrill. Ein Knoten schnürt sich in meinem Magen zusammen.

«Zuerst wollte ich nicht. Aber er hat mir Angst gemacht. Ich kann Gwens Arbeit nicht machen. Diese Männer sind furchtbar.»

«Was meinst du? Welche Arbeit?» Ein eigenartiges Gefühl breitet sich in meiner Brust aus. Eine Mischung aus unbeschreiblicher Wut und Mitleid mit diesem Mädchen, dem nun die Tränen in Strömen die Wangen hinunterlaufen.

«Gwen bereitet den Seefahrern einen schönen Aufenthalt, wenn du verstehst. Sie ...» Tinnas Stimme bricht. Sie stützt die schmalen Ellenbogen auf die Anrichte und vergräbt das Gesicht in ihren zarten Händen.

Deshalb also haben die anderen mich belächelt. Deshalb ist Lenny so durchgedreht. Daher kennt Gwen all diese Leute. Aus diesem Grund kommen sie in den Bären.

«Ist schon gut», versuche ich, Tinna zu beruhigen, obwohl ich selbst etwas Beruhigung nötig hätte.

Sie wirbelt herum und umklammert mich so fest, dass ich kaum mehr atmen kann. Ich kann mich nicht wehren.

«Du musst es ihr sagen, Tinna», meine ich dann. «Du musst ihr sagen, dass ich es nicht gewesen bin.»

Sie stößt mich sofort weg und starrt mich voller Entsetzen an.

«Das kann ich nicht!», konstatiert sie.

«Wieso nicht?»

«Wenn ich ihr sage, dass du es nicht warst, dann muss ich zugeben, dass ich es gewesen bin.»

«Du warst es ja auch. Sie wird verstehen, warum du es getan hast.»

«Du verstehst das nicht! Das mit euch beiden darf nicht sein. Aber wenn sie erfährt, dass ich euch sabotiert habe, wird sie mich hassen.» Tinna stößt ein erschöpftes Seufzen aus. «Ich muss für den Rest meines erbärmlichen Lebens mit ihr zusammenleben. Ich muss mit ihr auskommen. Sie ist meine Schwester. Und du verschwindest im Frühjahr einfach wieder und kommst nicht mehr zurück.»

Die Tür ist verschlossen. Aufgebracht hämmere ich mit der Faust gegen das Holz.

«Gwen, mach auf!», rufe ich. «Ich weiß, dass du da bist.»

Keine Reaktion. Durch die Spalten um den Türrahmen flimmert der Schein von Laternen. Sie ist hier.

«Gwen, bitte!», flehe ich. «Ich habe nichts getan!»

Ich kann keine Beweise dafür vorbringen. Aber ich wäre nie im Stande, ihr das anzutun. Ich schlage erneut gegen das Holz.

«Rede mit mir!», fordere ich.

Doch in diesem Moment wird auch schon die Tür aufgerissen. Vor mir postiert sich Olivier. Ich taumle einen Schritt zurück.

«Ich muss mit Gwen sprechen.»

«Musst du nicht», knurrt er. Seine Stimme leiert vom Alkohol. «Mach, dass du Land gewinnst!»

«Wo bleibst du denn? Das Bad ist schon voll und ...» Gwen erstarrt, als sie mich erblickt. Doch der Schock währt nur kurz. Sie hebt das Kinn und straft mich mit zutiefst verachtenden Blicken. «Komm wieder rein!», zerrt sie Olivier am Ärmel. «Draußen ist es unerträglich.»

Ich springe in die Tür, bevor sie sie zuschlagen kann. Aber Olivier ist überraschend schnell. Er baut sich vor mir auf, bläht die Brust wie ein Gockel.

«Gwen, ich habe ...»

Seine Faust trifft mich am Kinn. Meine Zähne knirschen. Noch ein Schlag gegen die Brust. Ich keuche leise. Olivier weiß nicht, dass ich viel schlimmeren Schmerz ertragen kann. Er kennt meine Geschichte nicht. Ein neuer Schlag gegen die Wange. Mein Ohr dröhnt.

«Lass es gut sein, mein Großer.» Gwen nimmt ihm am Arm. «Er ist doch noch so klein», säuselt sie mitleidig. Dann schlingt sie ihren Arm um seine Mitte und presst sich an ihn.

Olivier legt seinen Arm um ihre Schulter. Mir wird schlecht.

«Mach die Tür zu, wenn du gehst», knurrt Gwen und verschwindet mit diesem Ekel in einer Kabine.

27 novembre 1723

«Bitte, Tinna», flehe ich, «Sag ihr die Wahrheit.»

«Sie wird mich hassen, Evan. Das wird sie mir niemals verzeihen.»

Es ist jetzt das dritte Gespräch dieser Art. Lange halte ich das nicht mehr aus.

«Du bist ihre Schwester. Sie liebt dich.»

Natürlich würde sie mir nicht glauben, dass Tinna es gewesen sein soll. Tinna muss es ihr sagen.

«Ich kann es nicht.»

«Dann sage ich es ihr.»

Falls ich es schaffe, sie überhaupt zu Gesicht zu bekommen. Zwar gab es am Badehaus keine Spur mehr von Olivier, aber dafür hat der Köter Wache gehalten. Und vor dem habe ich etwas mehr Respekt als vor einem Schiffskoch.

«Wenn du das tust …» Tinna erhebt drohend den Zeigefinger.

«Ich sage ihr nur, dass ich es nicht war.»

«Sie wird dir nicht glauben.»

Ich kann es immerhin versuchen. Nochmal.

«Erzählst du mir wenigstens, warum wir deiner Meinung nach nicht zusammen sein können?», frage ich genervt.

«Das ist nicht meine Meinung! Hier geht es darum, dass der alte Kauz nicht bekommt, was er will, und dazu muss sie sich eben von dir fern halten.»

«Was Giroux will? Was hat das ...?»

«Hier», fährt sie mir über den Mund, hält mir ein Stück Papier unter die Nase und beendet damit die Diskussion, «Das wurde gestern für dich abgegeben.»

Ich reiße ihr den zerknitterten Brief aus der Hand und bedenke sie dabei mit einem verärgerten Blick. Wer schickt mir denn Briefe nach St. Harbour?

Es ist kein Absender vermerkt. Nur mein Name steht da in krakelig schneller Schrift. Vielleicht ist es ein Versöhnungsbrief von Lenny? Obwohl ich mir nicht sicher bin, ob er überhaupt schreiben kann. Mit schnellen Fingern öffne ich das Papier. Noch im Auseinanderfalten denke ich, dass er auch von Gwen sein könnte. Vielleicht hat sie es sich anders überlegt. Vielleicht gibt sie mir eine Chance.

Er ist weder von Lenny noch von Gwen.

Ich überfliege die Zeilen. Die Tinte ist an manchen Stellen verwaschen. Die lange Reise des Briefes zeigt sich deutlich. Er wurde in Eile geschrieben. Hektisch, unregelmäßig liegen die Buchstaben auf dem Papier. Ich kann kaum entziffern, was dort steht. Einige Passagen des kurzen Briefes sind gänzlich unlesbar. Allein der letzte Satz ist derart betont geschrieben, dass er problemlos überlebt hat:

«Komm zurück, so schnell du kannst. Deine dich liebende Mutter.»

Vor Schreck knülle ich das Schreiben in der Hand zusammen. Wie kommt dieser Brief hierher? Woher weiß sie, wo ich bin? Das ist absolut unmöglich.

«Schlechte Neuigkeiten?»

Tinna blickt mich besorgt an.

«Wer hat den abgegeben?», frage ich hastig.

Sie zuckt die Schultern.

«Da musst du Monsieur Giroux fragen», meint sie bloß und setzt ihren Weg zum Tresen fort.

Erneut lese ich die verwaschenen Zeilen. Komm zurück. Ich werde nicht zurückkommen, Maman. Ich kann nicht. Ausgeschlossen. Es geht nicht. Wenn Vater mich in die Hände bekommt, bin ich ein toter Mann.

Das Quietschen der Küchentüre reißt mich aus meinen Gedanken. Ich sehe auf. Gwen.

Es ist eine Katastrophe. Wenn meine Mutter weiß, wo ich bin, kann ich hier nicht bleiben. Im Grunde keinen Tag länger. Dann muss ich St. Harbour auf dem schnellsten Weg verlassen. Aber bevor ich das tun kann, muss ich Gwen von meiner Unschuld überzeugen.

Ich lasse das Papier in meiner Hosentasche verschwinden. Übermütig stürze ich auf den Tresen zu, platziere mich halbseitig auf einem der Hocker und lehne mich weit über den Tisch hinweg. Erst dann stelle ich fest, dass ich nicht weiß, was ich sagen soll.

«Was darf es sein?», fragt Gwen übellaunig und ohne mich auch nur eines Blickes zu würdigen.

«Ich bin es nicht gewesen», verkünde ich starrsinnig. Ich wiederhole mich.

Im Augenwinkel sehe ich, wie Tinna beim Abtrocknen der Krüge zusammenschreckt. Entsetzt starrt sie mich an.

«Tut mir leid, Rum ist gerade aus», antwortet Gwen kalt.

«Jetzt hör mir doch zu», flehe ich. «Ich habe Lenny auch nicht geholfen das Geld zu besorgen, wie du gesagt hast.»

Immerhin hebt sie jetzt den Blick und sieht mich an. Wenn auch von tiefer Wut und Enttäuschung erfüllt.

«Und ich könnte das Geld selbst niemals aufwenden. Denkst du wirklich, ich sehe lieber zu, wie du hier verrottest, als dass du mit ihm vielleicht irgendwo anders hingehen kannst?»

Der Ausdruck in ihren Augen verändert sich nicht. Tinna tänzelt unterdessen unruhig hin und her. Sie belauscht uns recht auffällig, wie ich finde.

«Du bist der Einzige, der es wusste. Und du bist der Einzige, der einen Grund hatte», zischt Gwen.

«Ich habe …»

«Nein, Evan», fährt sie mir über den Mund, «Zeig mir jemanden, der es sonst gewesen sein könnte.»

Ich muss mich ernsthaft zusammenreißen nicht hinüber zu Tinna zu sehen.

«Glaub mir, ich wollte es erst auch nicht wahr haben. Ich dachte, du bist nicht ... Ich weiß nicht, wie ich mich so täuschen konnte.»

Sie knallt mir einen Becher Rum vor die Nase, wirft das Handtuch auf den Tresen und verschwindet hinter der Küchentür.

Ich dachte, Rum wäre aus?

Hastig renne ich ihr hinterher. Doch Tinna ist schneller.

«Ich habe dich nicht verraten. Kein einziges Wort habe ich mit ihm gesprochen. Ich könnte dir das niemals antun.»

Gwen knallt den Krug auf den Holztisch.

«Glaub mir doch, bitte», bettle ich.

Tinna verfolgt das Gespräch mit verschränkten Armen.

«Du bist der Einzige, der es gewesen sein kann.»

Gwen deutet mit dem ausgestreckten Arm auf mich. Mein schlagender Puls drückt mir die Luft ab.

«Bitte, Gwen. Es kann jeder gewesen sein. Wer weiß, wer es noch mitbekommen hat. Vielleicht warst du unvorsichtig.»

«Unvorsichtig? Ich bin nicht unvorsichtig! Ich ertrage dieses Leid schon mein ganzes Leben lang und nie hat jemand etwas mitbekommen, bis du plötzlich hier auftauchst.»

«Gwen, jetzt hör mir doch zu», bettle ich und trete einen Schritt auf sie zu. Mein Herz rast vor Aufregung, vor Verzweiflung. Ich klammere mich an die räumliche Nähe zwischen uns, um die gedankliche Ferne zu überwinden.

Gwens Blick ruht auf meinem Gesicht. Das Auge des Sturms. Ich sehe, wie die Ruhe in ihre Züge tritt, wie sie mir für einen kurzen Augenblick glauben kann. Aber ich sehe auch die wilden Gedanken, die hinter ihrer Stirn umherpeitschen.

«Aber vielleicht war er es doch gar nicht. Vielleicht ist es jemand anderes gewesen.»

Unsere Blicke wandern hinüber zu Tinna, die sich aus ihrer Abwehrhaltung gelöst hat.

«Wer soll es denn gewesen sein?» Gwen verschränkt die Arme vor der Brust. Zurück in ihrer Versteinerung. Der Sturm hat gesiegt.

«Ich weiß nicht ...», stammelt Tinna. Sie wendet sich verzweifelt zu mir um.

«Ich würde das niemals tun», springe ich ihr zur Seite. «Es ist dein Geheimnis. Ich weiß, was es bedeutet eins zu haben. Ich hätte es niemals irgendwem verraten, glaub mir.»

Gwens Blicke schnellen zwischen mir und Tinna hin und her. Ihre Brauen ziehen sich eng zusammen. Sie hebt das Kinn an und betrachtet uns mit diesem Gouvernanten-Blick, den ich bisher nur von meiner Mutter kenne.

«Was wird hier eigentlich gespielt?»

Tinna holt tief Luft. Ihr Atem vibriert. Sie schließt einen Moment lang die Augen.

«Ich bin es gewesen», sagt sie dann endlich.

Mir springt das Herz auf. Als hätte eine enge Kruste es gefangen gehalten. Ich kann frei atmen. Was auch immer sie zu diesem Sinneswandel bewegt hat, ich bin ihr zu ewigem Dank verpflichtet.

«Und was hat er dir versprochen, damit du das sagst?»

Gwens Worte schneiden mitten in mein aufgebrochenes Herz. Mitten hinein in die weichste, empfindlichste Stelle. Mein Brustkorb schmerzt mit jedem Atemzug. Ich wünsche mir die Kruste zurück.

«Monsieur Giroux hat mir Angst gemacht und ich habe ihm geglaubt. Es tut mir so furchtbar leid.»

Tinna beginnt zu weinen. Doch, statt sie zu trösten, starrt Gwen sie nur misstrauisch an. Erst Tinna und dann mich. Sie glaubt uns nicht. Nicht so richtig jedenfalls. Wofür hält sie mich denn?

«Hast du ihr versprochen, sie mit nach Europa zu nehmen?», kreift sie.

«Er hat gar nichts versprochen. Er hat nichts getan, Gwen», wimmert Tinna.

«Hast du ihr von deinem Weingut erzählt und wie gut man in Frankreich leben kann?»

Es ist, als reißt die Erde zwischen uns auf. Ein tiefes, klaffendes Loch. Der Abstand zwischen uns wird mit jedem ihrer Worte größer. Wie ein unüberwindbarer Abgrund stehen sie zwischen uns. Ich verliere den Halt. Der Schmerz aus meiner Brust sinkt hinunter in meinen Bauch.

«Er hat mir nichts erzählt. Ich dachte, es wäre einfacher, wenn du denkst, dass er es war. Ich wollte nicht, dass du böse auf mich bist. Ich bin doch deine Schwester.»

Mir fällt auf, dass sie geschickt vermeidet zu erwähnen, dass sie ganz und gar gegen das ist, was sich zwischen Gwen und mir abspielt. Was auch immer das genau ist.

Gwen sieht mich durchdringend an. Als will sie meine Gedanken lesen. Ich versuche, meinen Atem zu kontrollieren. Tief und regelmäßig. Ein und aus. Der Schmerz wird unerträglich.

«Ist das die Wahrheit?», fragt sie kalt.

«Ja», presse ich hervor und sehe dabei direkt in ihre misstrauischen, blauen Augen.

Spielt es überhaupt noch eine Rolle, was sie jetzt sagt? Sie hat offenbar ein sehr genaues Bild von mir.

«Es tut mir so leid, Gwen», klagt Tinna, die nun in sich zusammengesunken vor dem Rock ihrer Schwester kauert. «Es tut mir furchtbar leid.»

«Schon gut», findet Gwen zumindest ein paar tröstende Worte und streicht ihrer heulenden Schwester sanft übers Haar.

«Schön, dass wir das klären konnten», sage ich schnell, trete den Weg nach draußen an und bemühe mich ernstlich so entspannt wie möglich zu wirken. Ich brauche frische Luft. Kalte, eisige Seeluft. Ich sollte hinaus auf das Eis laufen.

«Evan, warte», höre ich Gwen rufen, als ich bereits die Küchentür erreiche und den Gastraum betrete, «Ich muss mich bei dir entschuldigen.»

Ich wende mich zu ihr um, doch ihren Anblick kann ich kaum ertragen.

«Es tut mir leid, dass ich dich verdächtigt habe, aber ...»

«Weißt du, Gwen», unterbreche ich sie, bevor sie auch nur noch ein einziges Wort sagen kann, «wenn du mich wirklich für so falsch und durchtrieben hältst», ich muss Luft holen, um nicht vollkommen die Fassung zu verlieren, «Dann ist es wirklich besser, wenn du nichts mehr mit mir zu tun hast.»

28 novembre 1723

Es ist nur ein leises Schnarren. So leise, dass ich es wohl überhört hätte, wenn ich tief im Schlaf gewesen wäre. Mit geschlossenen Augen lausche ich in die Stille meiner Kammer hinein. Die Tür schließt sich. Klack. Knarzende Schritte auf dem Dielenboden nähern sich langsam meinem Bett. Ich wage nicht, mich zu bewegen. Versuche ruhig und gleichmäßig zu atmen. Mir nicht anmerken zu lassen, dass ich wach bin. Hellwach sogar. Der Druck einer Hand auf meiner Decke lässt mich die Augen aufreißen. Beherzt packe ich zu.

Gwen starrt mich erschrocken an. Die Augen weit aufgerissen, blickt sie unsicher auf mich herab. Sofort lasse ich sie los. Sie legt den Finger an ihre Lippen und nickt in Richtung meiner Zimmertüre.

Was hat sie vor? Ich frage mich, wie spät es wohl sein mag. Was hat sie hier zu suchen? Was will sie von mir?

Ich verschränke mürrisch die Arme. Ich habe ihre Anschuldigungen und absurden Vorwürfe satt. Ins Badehaus bin ich gar nicht erst gegangen. Außerdem ist es mitten in der Nacht. Wenn uns jemand sieht, wird das die Gerüchte nur erneut entfachen und ich habe wirklich keine Lust, das Stadtgespräch Nummer eins zu sein.

Abwartend steht sie neben meinem Bett. Als ich mich nach weiteren eiskalte Sekunden noch immer nicht bewege, wispert sie: «Wir haben eine Verabredung nachzuholen. Schon vergessen?»

Ja, die Verabredung. Aber doch nicht mitten in der Nacht!

Ich schlüpfe stöhnend aus dem gemütlich warmen Bett und hinein in meine steifgefrorenen Hosen. Knurrend ziehe ich das Hemd vom Stuhl. Gwen beobachtet akribisch, wie ich es überstreife. Ich steige in meine Stiefel. Sie reicht mir den Mantel, mit dem zerfetzten Ärmel. Schweigend folge ich ihr aus dem Zimmer. Ich verschließe nicht einmal die Tür.

Mit zaghaften Schritten, auf jedes leiseste Geräusch bedacht, steigt Gwen die Treppe am Ende des Flures hinauf. Wütend darüber, dass ich sie nicht wenigstens einen Tag lang habe zappeln lassen, gehe ich ihr nach. Das Knacken einer Stufe bremst mich jedoch. Gwen wirft mir von oben einen finsteren Blick zu. Ich gebe mir allergrößte Mühe, so leise zu sein wie sie. Mit mäßigem Erfolg.

Oben angekommen, geht sie weiter voran. Vorbei an zwei schief in den Angeln hängenden Türen erreichen wir eine Dachluke. Gwen öffnet sie mit einem beherzten Ruck. Die eisige Kälte der Nacht schlägt uns sofort ins Gesicht und lässt die Haut meiner Wangen kribbeln. Schneeflocken wehen ins Haus, legen sich auf den ausgekühlten Holzboden. Gwen steigt hinaus auf einen Vorsprung aus Planken. Ich tue es ihr gleich und ziehe hinter mir die Luke heran.

Der Wind frischt auf. Ich schlage den Kragen meines Mantels hoch. Die schneebedeckten Bretter werden von einem Spiegel überzogen, in dem sich das Mondlicht bricht. Meine Sohlen finden kaum Halt auf der rutschigen Oberfläche, doch auf wackeligen Beinen schaffe ich es, Gwen bis zu einem Schornstein zu folgen. Hier sind die Planken nicht mehr von Eis überzogen. Fast kann ich die Wärme des Feuers im Rücken spüren, als wir uns setzen.

Wir sitzen eine ganze Weile so da. Schweigend. Ich lasse den Blick über St. Harbour schweifen, das nur vom Licht des Mondes beleuchtet wird. Ein paar Rauchschwaden steigen aus den Schornsteinen empor. Das Licht des Nachtwächters bewegt sich flackernd durch die Straßen. In weiter Ferne höre ich die Wellen des Ozeans. Weit entfernt vom Hafen, wo die Schiffe vom Eis umwuchert werden. Ich frage mich, was wir hier oben wollen. Unauffällig schiele ich zu Gwen hinüber, die hinauf in den erleuchteten Himmel schaut und dabei nervös mit den Bändern ihrer Schürze spielt.

«Die Aurora sind immer Zeichen der Götter», flüstert sie leise. In ihren Augen spiegelt sich der Schein der grünen Nordlichter.

Ich sage nichts.

«Wenn sie grün scheinen sind sie eine Vorwarnung, sagt man.» Sie wendet den Blick zu mir und scheint meinem kaum standhalten zu können, «Es tut mir unfassbar leid, dass ich dir solches Unrecht getan habe.»

Ein scharfer Stich meines Herzens erinnert mich an das, was sie gesagt hat. Er lässt das Misstrauen erneut aufflammen, das sie mir immer und immer wieder entgegenbringt, obwohl ich ihr keinen Anlass dazu gebe.

«Ich hätte dir vertrauen sollen.»

Sie schaut auf die Hände in ihrem Schoß. Ihre Traurigkeit gemischt mit meiner Wut und Enttäuschung lassen einen Kloß in meiner Kehle wachsen, der mir den Atem nimmt.

«Gwen, ich hätte dich niemals ...», beginne ich mich zu rechtfertigen, kann mich aber nicht überwinden.

Wieso bin ich so sicher, dass ich sie nicht verraten hätte? Ich habe Peppin verraten. Einen Teil meiner eigenen Familie. Wer sagt, dass ich nicht auch Gwen verraten würde, wenn es mir selbst nützt?

«Ja», meint sie. «Ich weiß.»

Sie muss ungeheuer enttäuscht sein. Von der eigenen Schwester hintergangen. Mit mir hätte sie es leichter gehabt. Mich hätte sie verfluchen können. Mich hätte sie hassen können und es wäre egal gewesen, weil ich im Frühjahr, wie Tinna meint, sowieso verschwinden werde.

«Ich hätte dir nicht diese ganzen wilden Dinge unterstellen dürfen. Eigentlich bin ich so nicht, aber du ...» Sie schüttelt den Kopf und heftet ihren Blick an mein Gesicht. «Du bringst mich durcheinander, Evan. Du bringst alles durcheinander.»

Ich stoße einen kehligen, lachenden Laut aus.

«Du bist stur und dickköpfig und neugierig. Du kommst hier an und wirst von Monsieur Giroux sofort zu meinem Gehilfen gemacht, obwohl das noch nie vorgekommen ist. Und kaum zwei Tage später findest du mein größtes Geheimnis heraus. Was soll ich denn von so jemandem halten? Du weißt nahezu alles über mich und über dich weiß ich überhaupt nichts.»

Ich weiß kaum etwas über sie. Natürlich weiß ich von ihren Eltern, von der Knechtschaft, von ihrer Fähigkeit. Große, bedeutende Dinge. Aber mehr weiß ich nicht. Was isst sie am liebsten? Was tut sie, wenn sie nicht arbeiten muss? Wovor hat sie am meisten Angst? Was wünscht sie sich? Ich weiß nicht einmal, in welchem Zimmer sie wohnt. Aber ich komme nicht umhin mir einzugestehen, dass ich sie gern kennen würde. In- und auswendig.

«Was willst du wissen?»

Sie zieht die Stirn kraus. Ihre Augen verengen sich kurz. Dann wendet sie ihren gesamten Körper zu mir.

«Warum bist du weggelaufen?»

Es war zu erwarten, dass sie gleich mit den großen Fragen anfangen muss.

«Ich bin weggelaufen», beginne ich mühsam und zweifle, ob ich ihr die Wahrheit sagen sollte. Wird es nicht das Bild verstärken, dass sie von mir hat? «Weil ich herausgefunden hatte, dass mein Vater mich hintergangen hat, damit ich durch eine vorteilhafte Heirat unseren Besitz vergrößern kann.»

Soweit die Vorgeschichte der tatsächlichen Vorkommnisse.

Ich sehe in Gwens wunderschöne Augen. Ich erkenne die Wärme, die darin liegt. Die Neugier. Die Sehnsucht nach Geschichten, die sie nicht selbst erlebt hat. Ich will ihr alles erzählen. Ich muss es ihr erzählen. Seit Ewigkeiten bin ich nun unterwegs und ich habe niemals den Drang verspürt, meine Geschichte zu enthüllen. Aber Gwen soll es wissen.

«Eine Frau also?»

Sie soll es wissen. Nur nicht heute. Nicht hier. Ich seufze.

«Ja. Sie war ein durchtriebenes, hinterlistiges, tratschendes Frauenzimmer. Die wildesten Geschichten hat sie sich ausgemalt, nur um ihren Willen zu kriegen. Obwohl mich das ja schon wieder fast an dich erinnert.»

Gwens Gesichtszüge erstarren. Ich bereue meine Worte noch im selben Moment. Ein ungeahnt brennender Schmerz fährt in meine Brust.

«Ich schätze, das habe ich verdient», murmelt sie und schnürt die Bänder fester um ihre Finger.

«Ja, allerdings», versuche ich es scherzhaft, finde mich jedoch selbst nicht überzeugend. «Nein, hast du nicht. Das war taktlos und es tut mir leid.»

Sie erinnert mich nicht einmal im Entferntesten an Camille.

Gwen ringt sich ein schmallippiges Lächeln ab, doch dann legt sie erneut diese verschmitzte Miene mit den zusammengekniffenen Augen auf.

«Du willst mir also weiß machen, dass du nur wegen einer arrangierten Ehe deine Heimat und dein Elternhaus hinter dir gelassen hast?» Sie zieht eine Augenbraue in die Höhe und lässt den Blick über meine ganze Erscheinung gleiten. «Das kannst du den Fischweibern erzählen!»

«Ich glaube, die interessieren sich eher wenig für meine Geschichten», versuche ich zu lachen, bekomme aber nur ein ersticktes Röcheln heraus, das sich anhört wie ein halb quiekendes halb grunzendes Schwein. Die Brise verweht meinen Zorn.

«Nein, da steckt noch mehr dahinter», gibt Gwen nicht auf. «Du bist so nicht. Du würdest niemals wegen einer solch banalen Sache dein heimeliges Zuhause aufgeben, deine Geborgenheit, deinen Ort mit täglicher Routine und festen Gegebenheiten. Weißt du, weshalb du kein Seemann bist?»

«Wieso?», schnaube ich gedehnt.

«Du gehörst zu der Sorte von Leuten, die ein festes Zuhause brauchen, einen Platz in der Welt.» Da könnte sie ausnahmsweise sogar recht haben. «Also? Was ist dein Geheimnis?» Gespannt funkeln ihre blauen Augen mich an.

Mit der Hand fahre ich mir durch mein steif gefrorenes Haar. So kann ich wenigstens für einen Augenblick meine ertappte Miene vor ihr verbergen.

«Gwen, ich ...», gerate ich ins Stocken. Mein Herz schlägt mir bis zum Hals.

«Ist es etwas Schlimmes?», wispert sie ernst und betrachtet mich ganz ohne dieses sensationslüsterne Leuchten, das mir aus den Augen anderer Frauen so bekannt ist.

Ich kann ihr nicht antworten. Aber meine aufs Äußerste gespannten Kiefermuskeln dürften ihr einen Hinweis geben.

«Nächste Frage», fordere ich heißer und reibe meine Hände aneinander, um die kalte Taubheit keine Oberhand gewinnen zu lassen.

«Wer schickt dir Briefe nach St. Harbour?», fragt Gwen, ohne überhaupt nachzudenken.

«Meine Mutter.»

«Ich dachte, sie weiß nicht, wo du bist?», fragt sie irritiert.

«Das dachte ich auch.»

«Und was schreibt sie?»

«Mein Vater liegt im Sterben.»

Ich hatte genügend Zeit die Zeilen gründlich zu studieren. Es ist ganz egal, was im Rest des Briefes stand. Die eigentliche Nachricht ist die Ankündigung des baldigen Todes meines Vater und ich kann nicht sagen, welches der dreihundertachtzig Gefühle in mir alle anderen dominiert. Die Schadenfreude ist jedoch sehr nah dran. Gefolgt von milder Betroffenheit. In etwa als würde mein Großonkel Gideon, den ich ganze zwei Mal im Leben getroffen habe, mit gebrochenem Bein das Bett hüten.

Gwen studiert meine Züge.

«Du wirkst nicht, als würde es dir etwas ausmachen, ihn zu verlieren.»

«Mein Vater», knirsche ich verbittert, «ist der einzige Mensch auf Erden, von dem ich überzeugt bin, dass er den Tod verdient.»

Gwen nickt vorsichtig.

«Ändert das deine Pläne?»

Ich stütze die Ellenbogen auf die Knie und senke den Blick hinab auf meine erstaunlich erhitzten Hände. Ich will hier bleiben, hier in diesem Moment direkt neben Gwen auf diesem Dach. Hier auf dieser Holzplanke, den Schornstein im Rücken und ihrem Blick auf meinem Gesicht.

«Nein», murmle ich tonlos. Der Brief ändert meine Pläne nicht. Aber sie.

Auf ihren Lippen erkenne ich ein Kräuseln. Sie trägt einen Ausdruck zur Schau, den ich im Dunkel der Nacht nicht deuten kann. Ihr Blick klebt an meinen Augen. Als will sie jede Nuance meiner Augenfarbe erfassen, was sich in der Düsternis entsprechend schwierig gestaltet. Feine Nebelschwaden steigen zwischen unseren Gesichtern empor. Das eisige Kribbeln auf meinen Wangen weicht einer Hitze, während sie ausgiebig meine Visage betrachtet. Dann zieht sie tief die eisige Luft ein. Die Nebelschwaden verschwinden. Gwen holt eine Nadel und Faden unter ihrer Schürze hervor.

«Was hast du vor?»

«Ich will zumindest einen Teil dessen, was ich zerstört habe, wieder in Ordnung bringen.»

Sie greift sich den Ärmel meines Mantels und beginnt die Nadel in regelmäßigen Bewegungen im Stoff zu versenken.

«Erzählst du mir, wie er aussieht? Dein perfekter Ort?», fragt sie dann, während der abgetrennte Fetzen zurück an seinen Platz findet.

Um ehrlich zu sein, habe ich mir nie Gedanken über ein Ziel gemacht. Ich wollte weg. Ich musste. Irgendwohin. Weg von allem, was ich kannte. Die Schatten hinter mir lassen.

«Keine komplizierten Beziehungen. Keine seltsamen Verhaltensregeln. Keine Intrigen und Geheimnisse», träume ich.

Gwen sinkt in sich zusammen, während sie den letzten Fetzen befestigt.

«Es ist ein Ort ohne Zwang», denke ich weiter. «Es gibt dort niemanden, der über den Kopf eines anderen hinweg entscheidet. Niemanden, der nur seinen eigenen Vorteil im Sinn hat. Nichts, was mich zwingt Dinge zu tun, die ich nicht will.»

Es ist ein Ort, an dem es keine dunkle Seite gibt, möchte ich hinzufügen.

Ihr vorsichtiger Blick lässt eine pulsierende Wärme in meiner Brust entstehen. Diese klaren, blauen Augen. Ein Stück Meer an Land.

Gwen verknotet die Enden des Garns. Doch noch bevor ihre kalten Hände den Stoff loslassen, nehme ich sie in meine.

«Es gibt dort nichts, was mich davon abhält, meinem Herzen zu folgen.»

Die Wärme meiner Haut geht auf ihre über. Als könnte ich die Kälte dieses Winters, ja ihres Lebens durch meine Berührung vertreiben. Gwen beobachtet wie ihre Hände in meinen liegen. Ich lockere den Druck. Vielleicht hätte ich das nicht tun sollen. Sie löst ihre Handfläche aus meiner. Aber nur, um ihre Finger mit meinen zu verschränken. Sie schlägt ihre Augen auf. Das Meer verschlingt mich. Ich hätte sie niemals verraten.

«Klingt traumhaft», wispert sie.

«Ich nehme dich mit, wenn du willst.»

Die Dachluke fällt mit einem Schnappen zu. Gwen klopft die Schneeflocken von ihrem Rock, während sie zu einer der beiden schiefen Türen geht. Sie legt eine Hand auf die Türklinke und schaut mich verlegen an. Ihre Augen strahlen selbst in der Dunkelheit.

«Ist das deine ...?»

«Ja», nickt sie schnell und ihre Mundwinkel spannen sich kurz zu einem Lächeln.

Ich nicke ebenfalls und bemerke, wie sich meine Lippen aufeinanderpressen. So sehr, dass sich ein stechendes Prickeln auf ihnen ausbreitet.

«Es hat mich sehr gefreut, dass ...»

«Ja», falle ich Gwen ins Wort, «Mich auch.»

Meine Halsbinde schnürt sich eng um meine Kehle. Ich kann mich gar nicht erinnern, sie so fest gebunden zu haben.

Gwen drückt die Klinke nach unten. Die Tür schiebt sich einen winzigen Spalt auf.

«Ich habe das ernst gemeint», sage ich hastig. Meine Stimme vibriert. Ich gehe einen Schritt auf sie zu und stehe mit einem Mal viel dichter vor ihr, als ich es beabsichtigt hatte. «Komm mit mir mit.»

Von unten herauf blickt sie mich an. Hoffentlich bemerkt sie nicht, wie die Gänsehaut über meinen gesamten Körper kriecht. Ein sanftes Lächeln verzieht ihren Mund, während sie langsam den Kopf schüttelt.

«Wir können auch zu Fuß gehen. Über Land oder ...»

Gwens Arme schlingen sich um meinen Hals. Sie drückt sich an mich, vergräbt ihr Gesicht an meiner Schulter. Es dauert einen Wimpernschlag, ehe ich sie festhalte. So fest ich kann. Ihre Wärme strömt durch meinen Körper hindurch und erfüllt mich von Kopf bis Fuß mit diesem wohligen Kribbeln. Ich kann mich nicht erinnern, wann mir das letzte Mal jemand so nah war.

«Ich bin dir sehr dankbar für dieses Angebot», haucht sie tonlos. «Ich wünschte, ich könnte es annehmen.»

Ihr kaltes Haar duftet nach Seife. Mit einer Hand streiche ich zaghaft darüber. Es fühlt sich seidig glatt an. Doch Gwen löst sich von mir, bevor ich mich in die gleichmäßige Bewegung vertiefen kann. Sie öffnet die Lippen, als will sie etwas sagen. Aber sie bleibt stumm.

«Wie hoch sind die Schulden noch?», frage ich.

«Ich weiß es nicht», hebt sie die Schultern. «Aber es sind ja nicht nur die Schulden.»

«Was ist es dann? Tinna? Wir können sie mitnehmen. Und Jakub auch, wenn es sein muss.»

Gwen legt ihre Hand auf meinen Arm. Sie lächelt dieses milde, bedauernde Lächeln.

«Es gibt Dinge hier in St. Harbour, die du nicht verstehst, Evan.»

«Dann erkläre sie mir», fordere ich. Ich bin schließlich nicht auf den Kopf gefallen. «Hat es mit Giroux zu tun und dem, was er nicht bekommen darf?»

Sie hebt den Kopf und fixiert meine Augen mit ihren.

«St. Harbour ist kein sicherer Ort für dich.»

«Für dich auch nicht», falle ich ihr ins Wort.

«Nur solang du hier bist.»

Ein Bellen lässt uns auseinanderfahren. Erschrocken weicht Gwen von mir und prallt rückwärts gegen den Türrahmen.

Im Dunkel des Flures ist Jakub kaum zu erkennen. Nur seine Augen blitzen scharf aus der hinteren

Ecke hervor. Hat er die ganze Zeit dort gelegen? Er erhebt sich majestätisch aus seinem Versteck und schleicht zu uns herüber. Ich weiche zwei Schritte zurück. Zwei sehr große Schritte.

Jakub knurrt bösartig. Aber entgegen meiner Vermutung hat er es gar nicht auf mich abgesehen. Mit langsamen Schritten geht er auf Gwen zu und fletscht seine Zähne.

«Sei ein braver Hund, Jakub!» Gwens Stimme zittert.

Der Köter kläfft sie an. Sie sollte ihn an die Leine legen! Statt eines weiteren Wortes feuert Gwen dem Monstrum wütende Blicke entgegen. Der Hund starrt nicht weniger wütend zurück. Auge in Auge. Gwen richtet sich kerzengerade vor ihm auf, hebt das Kinn und funkelt ihn an. Jakub knurrt erneut. Donnernd und bösartig. Er beugt die Vorderbeine, schiebt die Schnauze nach vorn und nimmt Gwen genau ins Visier.

Ich spüre den Druck der Pfoten auf meiner Brust. Die Krallen, die sich spitz in meine Haut drücken. Der klebrige Sabber tropft mir ins Gesicht. Die messerscharfen Zähne blitzen direkt vor meinem Auge auf.

Es ist nur der Bruchteil einer Sekunde. Nicht viel mehr als ein Wimpernschlag. Aber bevor dieses Mistvieh zum Sprung ansetzen und Gwen anfallen kann, schnelle ich nach vorn. Ich werfe mich auf

Jakub und reiße ihn zu Boden. Die Kraft ist so überwältigend, dass wir ineinander verkeilt über die Dielen rollen. Als wir zum Stehen kommen, springen wir sofort auf die Beine. Der Hund schüttelt sich. Rasend vor Wut hechtet er auf mich zu. Das Blut gefriert in meinen Adern. Aber ich denke gar nicht daran, auszuweichen.

«Wag es bloß nicht!»

Gwen springt vor mich. Ist sie denn vollkommen verrückt geworden? Mit ausgestrecktem Zeigefinger verweist sie das Monstrum und Jakub bleibt tatsächlich wie angewurzelt stehen. Ein teuflisches Grollen dringt aus seinem Maul. Das Funkeln seiner Augen raubt mir den Atem.

«Wag es bloß nicht!», wiederholt Gwen atemlos.

Jakub erstarrt. Als könnte er Gwens Worte verstehen. Er lässt ein letztes Knurren hören. Dann verschwindet er im Dunkel des Flures.

29 novembre 1723

«Was machst du gerade?»

Gwen wischt neben mir auf dem Tisch herum. Sie sieht mich nicht an, während sie mit mir spricht. Stattdessen schielt sie zu Giroux hinüber, der Tinna beim Reinigen des Kamins beaufsichtigt. Schon den ganzen Tag scheucht der das Mädchen durch die Gegend. Alles muss blitzblank sein für das Winterfest. Giroux sieht erstaunlich beschwingt aus.

«Ich lese», antworte ich knapp und blättere knisternd eine Seite in dem alten Schinken um.

Natürlich lese ich nicht wirklich. Viel mehr sehe ich mir die Buchstaben auf dem vergilbten Papier an und hänge meinen Gedanken nach. Ohne Zweifel war die letzte Nacht in jeder Hinsicht bizarr. Was mein Vater wohl sagen würden, wenn er wüsste, dass ich einen Hund übermannt habe? Aber das ist es gar nicht, worüber ich mir den Kopf zerbreche. Gwens Worte gehen mir nicht mehr aus dem Sinn. Es gibt Dinge in St. Harbour, die ich nicht verstehe. Welche Dinge?

«Ich würde dir gern etwas zeigen», nimmt Gwen meine Aufmerksamkeit wieder in Anspruch.

Ich werfe ihr einen unauffälligen Blick zu.

«Geh durch die Vordertüre. Wir treffen uns hinter dem Badehaus.»

Ruckartig nimmt sie ihren Lappen vom Tisch und macht sich auf den Weg in die Küche. Ich klappe mein Buch zu. Meine Hand fährt kurz über den rauen Einband. In der Bibliothek meines Vaters standen tausende solcher Bücher. Wenn ich vor ihm flüchtete, versteckte ich mich immer zwischen den hohen Regalen. Es war ihm wohl zu mühsam mich dort zu suchen und die Hunde in seinen geliebten Lesesaal einfallen zu lassen, hätte viel zu viel Unruhe an diesem friedlichen Ort gestiftet. Also konnte ich mich stets sicher fühlen mit den wulstigen Buchrücken am Hinterkopf und dem stehenden Geruch des alten Pergaments in meiner Nase. Und mit dem befriedigenden Gefühl, dass das Blut meiner Wunden zahllose Seiten seiner Sammlung befleckte, ließen sich die Schmerzen einigermaßen ertragen.

Ich folge Gwens Anweisungen. Der raue Wind lässt meine Nase bereits nach wenigen Minuten zu einem Eiszapfen werden. Die Sonne steht bereits tief am Horizont. An die kurzen Tage werde ich mich nicht gewöhnen können. Die Zeit vergeht schnell. Viel zu schnell, wie ich inzwischen finde.

Gwen lächelt nur, als ich am Badehaus ankomme. Sie wartet gar nicht bis ich wirklich bei ihr bin. Hastig geht sie voran, verschwindet in einer verwegenen Gasse neben dem Gebäude. Schnellen Schrittes folge ich ihr. Es geht eine steile Anhöhe hinauf. Oben angekommen spüre ich bereits den Schweiß in meinem Nacken. Gwen grinst mich nur auffordernd an. Ich werde das Gefühl nicht los, dass sie vor mir wegrennt.

«Wo willst du denn hin?», rufe ich ihr nach, als sie den schlängeligen Kurven eines Trampelpfades am Fluss entlang folgt. Die Häuser von St. Harbour haben wir bereits weit hinter uns gelassen.

«Wirst du schon sehen», zwinkert sie mir zu und setzt ihren Weg unbeirrt fort.

Nach unserer Hetzjagd finden wir uns an einem kleinen Wasserbecken wieder. Der Schnee bedeckt die kahlen Bäume und Sträucher um uns herum. Vom Eis überzogen schimmern die Ufer des Baches glänzend im Schein der untergehenden Sonne. Gwen stampft quer durch den Schnee. Sie steuert zielstrebig auf das Wasser zu, in das sich ein rauschender Wasserfall ergießt.

«Was wollen wir hier?», frage ich neugierig und folge ihr zum Ufer.

Behutsam prüft Gwen einen aus dem Becken ragenden Stein und entscheidet, dass sie sich problemlos auf ihn stellen kann. Dann tastet sie sich vorwärts. Zum nächsten Felsbrocken. Der Folgende liegt außerhalb ihrer Reichweite. Doch mit einem kraftvollen Satz erreicht sie auch den mühelos und nähert sich dem Wasserfall von der Seite.

«Ich dachte, wenn ich schon nicht mit dir mitkommen kann, kann ich dir in der Zwischenzeit wenigstens meinen Lieblingsplatz zeigen», ruft sie über das Getose hinweg.

Ihr Rock ist vom Wasser schon durchtränkt, als sie den Felsen rechts des Falls erreicht. Mit nur einer Hand stützt sie sich ab. Sie balanciert auf dem schmalen und rutschigen Brocken und bedeutet mir mit der freien Hand, ihr zu folgen. Ich straffe die Schultern und bleibe stur auf ihrem Weg. Die Felsen wackeln bedenklich unter meinem Gewicht. Aber bis zu ihr schaffe ich es nahezu mühelos. Nur meine durchnässten Stiefel bereiten mir Schwierigkeiten. Bei Gwen angekommen, deutet sie an dem brausenden Wasser vorbei auf den Felsen, der dahinter liegt. Das Gestein ist tropfnass und tiefschwarz.

«Spring so weit zu kannst!», schreit sie mir ins Ohr und im nächsten Moment ist sie auch schon hinter dem Wasser verschwunden.

Ich wünschte, sie könnte auch Wasser bewegen. Sie könnte es doch einfach beiseiteschieben. Nur ein Stück, dass ich hindurch kann. Dann würde ich auch sehen, wohin ich springen soll. So weit ich kann? Woher will sie denn wissen, dass es reicht?

Das Brausen verwandelt sich in ein Dröhnen, das meinen ganzen Kopf erschüttert. Als würde mein Hirn beginnen, sich zu drehen. Und dann spüre ich den Druck. Diesen festen Griff im Nacken, die Pranke, die mich niederdrückt, und dann das Eiswasser im Gesicht. Ich schrecke zurück, als ein Tropfen auf meine Haut springt. Mein Fuß rutscht vom Stein platschend ins Wasser. Aus meiner Erinnerung gerissen, rapple ich mich auf und springe. So weit ich eben kann.

«Das hat ja ewig gedauert», beschwert sich Gwen mit einem zaghaften Grinsen auf den Lippen.

Erst jetzt begreife ich, dass wir in einer Grotte stehen. Direkt hinter dem Wasserfall. Schwarzer Stein, umgibt uns zu allen anderen Seiten und dämpft das Rauschen. Er ragt über unseren Köpfen auf. Das Dach verschwindet in der Dunkelheit. Durch einen Spalt an der Seite fällt ein goldener Lichtstrahl mitten ins Herz der Grotte, wo ein riesiger, alter Baum seine Äste emporstreckt. Lächelnd setzt Gwen sich in Bewegung. Ich folge ihr. Bis wir direkt unter den Zweigen des Baumes stehen. Seine Rinde wird von einer silbrigen Schicht umhüllt, deren Pigmente im Licht schimmern. Sprühende Wassertröpfchen flirren durch die Luft.

«Sie nennen ihn Masineh, den Schicksalsbaum.»

Gwen wendet den Blick zu dem feinen Lichtstrahl, der zwischen den Blättern hindurch bricht. Das Licht streichelt in kleinen Sprenkeln ihr Gesicht.

«Sind das Blüten?»

Gibt es überhaupt Bäume, die im Winter blühen? Und Bäume, die in Höhlen wachsen?

«Ja», flüstert Gwen ehrfürchtig, «Er blüht nur ein Mal in zehn Jahren.»

Der Wind frischt auf. Wie ein unsichtbarer Geist wirbelt er um den Baum herum, treibt die winzigen weißen Blütenblätter umher, jagt sie in die Höhe. Immer im Kreis.

«Das ist unglaublich.» Beeindruckt betrachte ich das wilde Spiel. Ich kann verstehen, warum sie diesen Ort mag. «Warum nennen sie ihn Schicksalsbaum?»

«Die Leute glauben, dass in ihm eine Kraft wohnt. Wenn die Blüten sich öffnen wird sie freigesetzt. Es heißt, in den Tagen der Blüte entscheidet der Baum über das Schicksal der Seemänner. Die Leute fürchten ihn deshalb.»

«Und du?» Ich sehe ihr ins Gesicht und erkenne ihr vorsichtiges Lächeln, das ihren Augen einen aufregenden Glanz verleiht.

«Ich glaube, dass die Kraft des Baumes den Menschen zeigt, wer sie sind. In jedem von uns ist etwas verborgen und dieses Verborgene wird in der Zeit der Blüte ans Licht geführt.»

Ich erschaudere. Was sich in mir verbirgt, der Schatten, das Grauen, es soll niemals wieder ans Licht kommen.

Ich weiß, dass es längst nicht mehr der Wind ist, der die Blütenblätter um uns herumsausen lässt. In Gwens Augen spiegelt sich die Magie des Baumes. Mit jeder Faser meines Körpers spüre ich dieses belebende Flirren. Wie ein leichtes Vibrieren. Als wäre jedes noch so kleine Teilchen dieses Ortes in Bewegung, während der Rest der Welt den Atem anhält.

Gwens Blick liegt still auf mir. Wir stehen so dicht beieinander, dass ich den sanften Schimmer der vielen kleinen Härchen auf ihren Wangen erkennen kann.

«Es gibt einen Spruch: Der Blüte Schuld ist das reine Herz, gefangen im Fluche der Blinden. Der Blüte Schuld beglichen im Tage, kann ohne Lasten entschwinden», haucht sie leise.

Der Blüte Schuld ist das reine Herz? Fluch der Blinden? Was soll das bedeuten? Kein Herz ist vollkommen rein.

«Wie lang blüht der Baum?», frage ich, ohne den Blick von ihren Augen zu lassen.

«Zur Wintersonnenwende fällt der letzte Lichtstrahl durch diesen Spalt.» Sie deutet auf das Loch im Gestein. «Danach bleiben noch drei Tage, bis alle Blüten verwelkt sind.»

Der Blüte Schuld beglichen im Tage. Muss das reine Herz bis drei Tage nach der Wintersonnenwende vom Fluch der Blinden befreit werden?

«Und was passiert, wenn die Schuld nicht beglichen wird?», murmle ich.

«Es ist nur ein indianischer Aberglaube.» Gwen zuckt die Schultern. Ihr Blick ruht in meinem. In ihren Augen ist nichts mehr von dem Sturm, der die Wellen hochschlägt. Nur sanftes Blau. «Wir sollten zurückgehen», wispert sie. «Es ist schon spät.»

Es ist mehr als nur ein Aberglaube. Nicht für jeden, aber für Gwen ist es mehr. Ich sehe es in ihrem Blick.

«Sollten wir.»

Gwen rührt sich nicht vom Fleck. Deutlich spüre ich die Wärme ihrer Hand, deren Finger so dicht an meinen sind, ohne sie zu berühren. Ich fühle, wie Hitze an meinem Arm emporsteigt. Als würde ich ihn langsam in herrlich warmes Wasser tauchen. Als die Wärme in meiner Brust ankommt, schlägt mein Herz augenblicklich schneller. Immer wilder tanzen die Blütenblätter um uns herum. Vorsichtig beuge ich mich ein Stück zu ihr hinunter. Nur noch ein Stück. Eine ihrer Haarsträhnen kitzelt mich an der Nase. Ein kleines Stück näher.

Gwen weicht mir aus.

Ich verharre in meiner Haltung und schließe die Augen, um einen Bruchteil dieses Momentes zu retten. Ich nehme ihren Duft tief in mich auf. Ich fühle meinen Herzschlag, dessen Pochen mit jedem Schlag einen zuckenden Schmerz durch meine Brust jagt. Es wäre auch zu schön gewesen.

Da spüre ich plötzlich ihre Wange an meiner. Ihre kalte Nasenspitze, die sich sanft in meine Haut drückt. Ihre Stirn, die sich sachte gegen meine Schläfe lehnt. Ihre Lippen an meinem Ohr und ihren warmen Atem.

«Du solltest nichts Unüberlegtes tun», haucht sie und entfernt sich noch im selben Moment.

So unüberlegt war das gar nicht. Gerade vielleicht schon, aber im Grunde denke ich darüber schon eine ganze Weile nach. Nicht bewusst. Eher nebenbei. Jedes Mal wenn ich sie sehe. Wenn sie mich ansieht. Wenn sie lacht. Wenn ich darüber nachdenke, wie eiskalt es auf diesem verfluchten Dach gewesen ist und ich trotzdem nicht gefroren habe.

Gwen geht neben mir her. Immerhin rennt sie diesmal nicht wieder davon. Ich tue so, als ob ich ihre kurzen Blicke nicht mitbekommen würde. Immer wieder schielt sie zu mir herüber. Einmal atmet sie tief ein, als würde sie etwas sagen wollen, lässt es dann aber bleiben.

Feststeht, dass ich aus ihr nicht schlau werde. Welches Spiel ist das? Sie misstraut mir offenbar. Immerhin traute sie mir zu, ihre Schwester auszunutzen, um meine Weste reinzuwaschen. Andererseits vertraut sie mir wohl genug, um mich nachts zu überfallen oder mir irgendwelche rätselhaften Bäume zu zeigen. Abgesehen davon, dass ich nicht sicher bin, was ich von dieser Aktion heute überhaupt halten soll, frage ich mich doch, ob sie nicht wenigstens ein bisschen befürchtet, dass ich sie an Giroux verpfeifen könnte. Immerhin muss sie bestimmt eigentlich die Tiere füttern, Essen kochen, Zimmer putzen oder das Winterfest vorbereiten.

Die letzten Sonnenstrahlen verschwinden gerade, als wir in die Gassen der Siedlung einbiegen. Es ist düster zwischen den Häusern. Hier und da erkenne ich ein Flackern hinter den Vorhängen. Ein altes Mütterchen betrachtet uns abschätzig. Dann verschließt es fluchend die Fensterläden. Wir biegen in die Straße zum Badehaus ein. Ein modriger Geruch kriecht aus dem Gebäude. Schwelende Dämpfe der heißen Bäder steigen durch alle Ritzen der Fassade. Am Ende der Straße wartet Jakub.

Mir stockt der Atem. Bleib bloß, wo du bist, Mistköter! Ich erstarre an Ort und Stelle.

Gwen geht einige Schritte vor mir in die Knie. Der Hund kommt mit gesenktem Kopf auf sie zu. Er verkriecht sich geradezu in ihren Armen. Mich ignoriert er erstaunlicherweise. Wie es scheint, haben die beiden sich wieder versöhnt. Jakubs zotteliges Fell erscheint stumpf. Gwen nimmt seinen Kopf in ihre Hände und sieht ihm für einen endlosen Moment direkt in die schwarzen Augen. Sie

sehen einander so lang an, dann man meinen könnte, er würde ihr auf diese Weise etwas mitteilen.
Jakub gibt ein leises Fiepsen von sich. Es ist derart
kläglich, dass sogar ich einen Hauch seines Kum-
mers empfinde.

«Ich möchte dich um etwas bitten, Evan.» Gwen
dreht sich ruckartig zu mir um.

«Das wäre?»

«Morgen Abend findet doch das Winterfest im Bären statt.» Sie streicht dem Hund liebevoll über den
Kopf. Dann erhebt sie sich.

«Ja», meine ich. Schon Tage vor der Ankunft in St.
Harbour sprach die gesamte Crew der Albatros nur
noch von diesem Fest. Die wilden Geschichten der
anderen haben mich neugierig gemacht. Es wird bestimmt ein herrlicher Abend. «Ich würde sehr gern
mit dir ...»

«Versprich mir, dass du nicht kommst», schneidet
sie mir das Wort ab.

«Wie bitte?»

Sie wirft Jakub einen seltsam besorgten Blick zu.

«Halte dich von dem Fest fern. Bitte.»

Ihr durchdringender Blick fleht geradezu nach der
Erfüllung dieses Wunsches.

Sie will also nicht mit mir gesehen werden?
Verschrecke ich ihre dubiose Kundschaft? Oder
befürchtet sie, ich würde alles ausplaudern, wenn
ich ein paar Gläser getrunken habe? Eine wütende

Hitze beginnt in meiner Brust zu pulsieren. Mit einem tiefen Atemzug versuche ich, dagegen anzukämpfen.

«Und aus welchem Grund, wenn ich fragen darf?»

«Vertraust du mir?»

Die kalte Luft strömt in meine Lunge. Kann sie mir nicht ein einziges Mal eine vernünftige Antwort geben?

«Ja.»

Meine Vernunft schlägt sich symbolisch gegen die Stirn.

«Dann versprich es mir.»

Entgeistert starre ich sie an, beobachte, wie sie nervös auf und ab tänzelt. Ich hatte mich wirklich auf das Fest gefreut. Ich wäre gern dabei. Und das soll ich mir jetzt entgehen lassen, nur weil dieses Mädchen es will?

«Bitte, Evan», bettelt Gwen und umschließt aufgeregt meine Hände mit ihren, «Es ist wirklich wichtig für mich.»

Ich gebe ja zu, sie ist nicht irgendein Mädchen. Schließlich habe ich sie fast geküsst.

«In Ordnung», gebe ich mich knurrend geschlagen.

«Unter einer Bedingung.» Gwen lässt meine Hände los. «Du erzählst mir irgendwann, wieso.»

30 novembre 1723

Die Zeit fließt so zäh wie der Haferschleim meiner Mutter. Im Übrigen das einzige Gericht, das sie stets selbst kochte. Ich schneide eine Rundung in das Holz, während mein Blick immer wieder zu dem Brief hinübergleitet, der neben mir auf der Pritsche liegt.

Wie hat sie es geschafft, mir diesen Brief zu schicken? Meine Mutter ist die Frau eines sehr einflussreichen Mannes. Sicher war es ein Leichtes, einige Informationen über meinen Aufenthalt zu kaufen, aber meine Reise bis nach St. Harbour zu verfolgen, stellt wohl eine besondere Herausforderung dar. Im Grunde ist es schlicht und ergreifend unmöglich. Ich habe meine Spuren gut verwischt. Schon wenige Tage nach meiner Flucht habe ich das Schiff gewechselt. Ich habe peinlich genau darauf geachtet, eine Crew zu finden, die mit dem Namen LaCour absolut nichts anfangen konnte.

Späne segeln zwischen meinen Stiefeln zu Boden. Ich puste über das Holz, um auch die hartnäckigsten loszuwerden.

Die einzige Möglichkeit, einen Brief an mich zu schicken, wäre also, vorausgesetzt man wüsste, dass ich immer noch an Bord eines französischen Schiffes bin, herauszufinden, in welchem Hafen man gewöhnlich zur Überwinterung einläuft. Und selbst dann würde es vermutlich noch unzählige Möglichkeiten geben.

Der Klang wilder Musik dringt durch die Holzplanken unter meinen Füßen. Das Winterfest ist in vollem Gange. Ich höre das Stampfen tanzender Füße. Lautes Grölen versetzt die Planken des Bodens in Vibration.

Wie auch immer. Die einzige feststehende Tatsache ist, dass ich einen Brief meiner Mutter erhalten habe, der den baldigen Tod meines Vaters ankündigt und um meine Rückkehr fleht. Aber ich werde nicht zurückkehren. Und schon gar nicht, um meinem Vater am Sterbebett die Hand zu halten. Höchstwahrscheinlich würde er sie mir mit seinem letzten Atemzug brechen.

Mit einem tiefen Atemzug vollende ich meine Schnitzerei. Als ich auf meine Hände hinabsehe, bin ich recht zufrieden. Ich drehe das Amulett zwischen meinen Fingern. Der Baum hebt sich gut vom Hintergrund ab. Das Zedernholz lässt ihn hell hervortreten, auch wenn er kein Vergleich zu seinem Vorbild ist.

Der Blüte Schuld. Wo nur habe ich das schon einmal gelesen? Es liegt mir auf der Zunge. Ein wenig als kann man sich an ein Gemälde erinnern, weiß aber nicht mehr, wo es hing. Ein verschnörkeltes

Gemälde. Prunkvoll und irgendwie fehl am Platz. Das ist es! Der Blüte Schuld ewiglich dein. Das Eingangsschild!

Die Musik und das Gemurmel verschlucken den Klang meiner Schritte. Hastig dränge ich mich zwischen den unzähligen Seemännern hindurch. Ich muss den Rest des Spruchs lesen. Jetzt sofort!

«Du solltest etwas trinken, Evan.»

Lenny stellt sich mir in den Weg. Seine glasigen Fischaugen glotzen mich an.

«Ich muss weiter», brülle ich durch die Musik hindurch und deute hinüber zur Tür. Nur zehn Schritte.

«Oh, schwer beschäftigt, unser Parvenu», spottet Lenny und lallt dabei, «Weißt du, Evan, ich finde, wir sollten unseren Zwist beilegen.»

Das steht außer Frage. Aber deshalb bin ich nicht hier. Und je schneller ich die Sache hinter mich bringe, umso besser. Wenn Gwen mich entdeckt, hat sie zum ersten Mal einen echten Grund mir zu misstrauen.

«Das ist eine sehr gute Idee», pflichte ich ihm bei und blicke hektisch über seine Schulter hinweg. Gwen ist nicht in Sicht. Doch! Sie wuselt zwischen den vorderen Tischen herum. «Aber lass uns das auf ein anderes Mal vertagen.»

In seinem Zustand kann er sich morgen keinesfalls mehr an irgendetwas erinnern. Welchen Sinn würde es da ergeben, sich nun auszusprechen? Wobei Sprechen an sich, ihm ja schon schwerzufallen scheint.

«Ich dachte mir, ein kleines Duell bringt uns ins Reine», gibt er nicht nach.

Lenny schlingt seinen Arm um meine Schulter und zerrt mich mit sich. Vorbei an vollbesetzten Tischen und grölenden Seemännern aller Nationen. Sein fester Griff schmerzt in meinem Arm. Bei den Musikanten angekommen, schleudert er mich von sich. Ich taumle kurz und stoße mit einem monströsen Iren zusammen. Empört schiebt der mich von sich und baut sich drohend auf. Ich murmle eine notdürftige Entschuldigung.

«Was machst du hier?» Tinna reißt mich am Ärmel zu sich herum. «Mach, dass du hier verschwindest!»

«Oh nein, nein, nein», wedelt Lenny mit dem Finger vor ihrer Nase herum, «niemand verschwindet.»

«Ich will nur kurz nach draußen gehen», erkläre ich an Tinna gerichtet.

«Und dafür konntest du keinen anderen Zeitpunkt finden?», faucht sie mich an.

«Nein, das ist der perfekte Zeitpunkt, meine Liebe», mischt Lenny sich wieder ein. «Wir klären das heute. Ein für alle Mal.»

Lenny zieht seinen Degen hervor. Ich habe ihn noch niemals fechten sehen. Doch nun wedelt er damit vor mir herum. Mit wahnwitzig irrem Ausdruck in den Augen.

«Was soll der Aufstand?»

Gwens Stimme frisst sich in meinen Kopf. Bis in die hinterletzte Nervenzelle. Ich schließe einen kurzen Moment meine Augen, als ob es helfen würde. Als ich sie wieder öffne, starrt sie mich an. Das nackte Entsetzen in den Augen. Eine Panik lässt ihre Hände zittern.

«Gwen, ich bin ... ich wollte nur ...», setze ich an. Ein ekelhaft gurgelnder Brocken rumort in meinem Magen.

«Wunderbar, dass du hier bist, meine Liebe», plärrt Lenny dazwischen.

Gwen wendet mühsam ihren Blick von mir zu ihm. Die Musik hat aufgehört zu spielen und um uns herum hat sich eine kleine Menschenmenge versammelt. Ihre wilden, gierigen Blicke verschlingen uns geradezu. Ein Kribbeln beginnt in meiner Hand, verwandelt sich jedoch bald in den Schmerz tausender kleiner Nadeln in den Fingerkuppen. Zwischen den Seemännern erblicke ich die kalten Augen von

Monsieur Giroux, der das Treiben sensationslüstern verfolgt.

«Unser kleines Duell braucht einen Preis», verkündet Lenny mit dem Degen fuchtelnd. «Der Sieger bekommt Gwen.»

«Was?» Meine Stimme klingt schrill. Das kann er nicht ernst meinen. Gwen ist doch kein Gegenstand, den man als Trophäe ausloben kann!

«Wer gewinnt, bekommt Gwen. Besiegelt durch einen Kuss vor all diesen Leuten hier.» Lenny deutet mit der Klinge auf die umstehenden Seemänner.

Ihr Grölen bereitet mir eine Gänsehaut. Wild schlagen sie ihre Hände zusammen. Manche stampfen mit den Füßen. Giroux trägt ein zufriedenes Lächeln auf den Lippen. Ich wusste gar nicht, das er zu solchen Gefühlsregungen im Stande ist.

«Du musst hier weg», packt Gwen mich herrisch am Arm, «Du darfst nicht hier sein!»

«Wieso nicht?»

«Evan, bitte.»

Ihre in Falten gelegte Stirn. Ihre dunklen, weit aufgerissenen Augen. Ihre Hände, die sich schmerzhaft in meinen Arm krallen. Etwas macht ihr Angst. Und ich werde das Gefühl nicht los, dass es nicht die Befürchtung ist, ich könnte dieses lächerliche Duell verlieren. Ich gerate ins Stocken. Sie soll sich nicht fürchten. Wenn es ihr Wunsch ist, dass ich gehe, sollte ich das tun. Ich hätte gar nicht kommen sollen.

«Ich kann nicht mit dir fechten, Lenny», meine ich bestimmt und gehe festen Schrittes auf ihn zu. «Ich werde nicht gegen dich kämpfen.»

«Oh, wenn das so ist», säuselt er und lässt die Klinge in seiner Hand kreisen, wobei er näher an mich herantritt, «dann ist es wohl auch nicht so wichtig für dich, wenn ich Gwen von deinem kleinen Geheimnis erzähle?» Das Blut in meinen Adern unterbricht seinen Fluss. Eine ungeheure Schwere schlägt in mich ein. «Es macht dir doch nichts aus, oder? Dann kennt sie wenigstens den wahren Grund deiner Flucht.» Lenny hebt kampfbereit seinen albernen Degen. Ein kaltes Funkeln huscht durch seine Augen.

Wenn Gwen erfährt, weshalb ich geflohen bin, dann soll sie es nur von mir erfahren. Nur die Wahrheit und keine schillernde Geschichte wie Lenny sie erzählen würde.

«Hat jemand einen Degen für mich?», frage ich in die Runde, ohne den Blick von Lennys eisgrauen Augen abzuwenden. Nie zuvor habe ich ihre Kälte so deutlich gespürt und ich stelle fest, dass sie längst nicht mehr zu meinem Freund gehören.

Ein umstehender Matrose reicht mir seine Klinge. Sie ähnelt meiner eigenen, die ich in Frankreich zurücklassen musste. Der Griff liegt gut in der Hand und ich kann die ausgewogene Balance des Metalls spüren. Auf Lennys Visage breitet sich ein hämisches Grinsen aus. Er wirkt mit einem Mal weit beherrschter als zuvor, kaum mehr betrunken.

Wir setzen an. Bereit zum Duell. Aus dem brodelnden Klumpen in meinem Bauch steigt eine gierige Hitze empor.

«Ganz wie in alten Zeiten, nicht wahr Parvenu?», zischt Lenny.

Ich setzte zum ersten Stoß vorwärts. Kein Treffer. Lass die Wut aus dem Spiel! Lenny schlägt zurück. Ich pariere, setze vorwärts. Erinnerungen haben hier nichts verloren.

Er verteidigt sich. Doch seine Bewegungen sind langsam. Ich weiche seiner Klinge aus.

Das Tempo wird schneller. Ein Schritt nach vorn. Ein Stoß. Kein Treffer.

Gegenangriff. Ich pariere, ziehe plötzlich zurück, noch ein Angriff. Lenny wird hitzig. Unkontrolliert springt er auf mich zu. Er schlägt seinen Degen gegen meinen. Das Metall in meiner Hand vibriert und lässt meinen ganzen Arm beben. Ich halte dagegen.

Ein Schritt zur Seite zwingt ihn aus dem Gleichgewicht. Ich stoße erneut, doch Lenny weicht aus. Dann springt er nach vorn, schlägt auf mich ein. Seine Klinge verfehlt nur knapp meine Brust. Konzentration! Nicht nachgeben!

Er darf nicht gewinnen. Der wahre Grund meiner Flucht. Ich hätte es ihm nie anvertrauen dürfen.

Scharf schlage ich zurück, dränge ihn rückwärts. Meine Klinge rasselt gegen seine. Einmal. Zweimal. Lenny verliert den Überblick.

Oben. Unten. Noch ein Schritt. Zwei Handgriffe und Lennys Klinge schleudert scheppernd zu Boden. Die Spitze meines Degens direkt vor seinem Hals kann er nur dabei zusehen.

Ruckartig weiche ich zurück. Ich stoße die Klinge vor mir in den Boden. Sie wackelt unrhythmisch hin und her. Wie konnte es nur soweit kommen?

«Komm mit!»

Gwen zerrt mich am Ärmel hinter sich her durch die Tür hinaus in die Kälte der Nacht.

«Hör auf damit!» Wütend reiße ich mich los und bleibe stehen. «Was soll denn das Theater?»

«Evan, du musst ...»

«Was muss ich?», fahre ich sie an. «Mich für den Rest des Winters in meiner Kammer verkriechen?»

Die Hitze des Duells treibt mich noch immer. Mein kräftiger Puls presst eine ungeheure Aufregung durch meinen gesamten Körper.

«Das ist nicht der richtige Ort dafür.»

«Vielleicht ist das Dach ein besserer Ort. Oder das Badehaus.» Mein Rachen brennt, so wütend bin ich. Was denkt sie sich denn? «Es reicht. Wirklich. Ich habe deine Spielchen satt. Deine Heimlichtuerei.» Ich schnappe nach Luft. Sie hat ja gar keine Ahnung. «Du willst nicht mit mir hier sein? In Ordnung. Du willst mich nicht küssen? Kein Problem. Aber dann erwarte nicht, dass ich springe, sobald du es willst. Ich bin nicht Jakub!»

Gwens Augenbrauen schieben sich eng zusammen.

«Du willst die Wahrheit wissen?», zischt sie aufgebracht, «Die Wahrheit ist, dass ich dir nicht über den Weg traue. Du bist doch nichts weiter als ein nichtsnutziger ... Möchtegernmatrose!», schimpft sie.

Ich verschränke die Arme vor der Brust und nicke. Als würde sie sich das nicht gerade frei aus dem Ärmel schütteln.

«Du bringst uns alle in Gefahr, weil du nicht ein einziges Mal tun kannst, was man von dir verlangt.»

«Wenn du mir endlich mal erklären würdest, was hier eigentlich vor sich geht, hätten wir das Problem doch gar nicht!» Ich könnte platzen vor Wut.

Der Wind versetzt das Schild über der Eingangstüre in Bewegung. Der Blüte Schuld auf ewig dein, helfen kann der Bär allein. Wie aufschlussreich.

«Wenn du dich nicht in alles einmischen müsstest, hätten wir das Problem nicht!» Gwen schnaubt zornig. Dann holt sie tief Luft. «Kümmere dich um deine eigenen Angelegenheiten und halte dich aus meinen raus. Halte dich aus meinem Leben raus! Ich will nichts mehr mit dir zu tun haben!» Unruhig wippt sie auf der Stelle auf und ab. Ihre linke Hand krallt sich in die Bänder der Schürze.

Ihr unsicherer Blick verrät sie. Gwen spielt mir etwas vor.

«Ich bitte dich, lass uns mit diesem Theater aufhören und alles in Ruhe besprechen», sage ich etwas gedämpft und mit möglichst beruhigender Stimme, obwohl es mir schwer fällt, ihr nicht selbst wüste Dinge gegen den Kopf zu werfen.

«Nein, Evan!», wehrt sie ab. «Lass mich einfach in Ruhe!»

«Da bist du ja!»

Ein bulliger Seemann schwankt aus der Tür. Er legt den Arm um Gwens Taille und zieht sie näher zu sich. Gwen zwingt sich zu einem aufgesetzten Lächeln.

Mir wird schlecht. Mein Magen verengt sich, presst seinen Inhalt gefährlich nach oben. Die Säure brennt widerlich in meinem Hals.

«Ich freue mich schon auf nachher», säuselt der Kerl viel zu dicht an Gwens Ohr. Eilig beugt er

sich zu ihr hinunter und drückt ihr seine vom Rum
verklebte Schnauze auf den Mund.

Ich kann nicht atmen.

Doch Gwen weicht nicht zurück. Im Gegenteil.

1er décembre 1723

Scheppernd schiebe ich den Teller von mir. Ich lehne mich zurück und lasse den Blick durch den Gastraum schweifen. Vollbesetzte Tische. Murmelnde Gesprächsfetzen. Der schwelende Gestank nach Fischsuppe, der das ganze Haus vernebelt. Ich muss hier weg.

Draußen ziehe ich den Mantel eng zusammen und stapfe durch die zwei Fuß hohe Schneeschicht hinunter zum Hafen. Das Eis hält die Schiffe fest umklammert. Zwei Einheimische schleppen ein Boot über das gefrorene Meer hinaus zu den Fischlöchern, die sie in mühevoller Handarbeit freigestochen haben. Es ist beunruhigend still. Der Winter ist offenbar in allen Teilen der Welt eine trostlose Jahreszeit. Nur Grau und Stille, die keinesfalls andächtig scheint, sondern lauernd. Als traut sich die Natur nicht, einen Laut von sich zu geben. Seufzend blicke ich hinüber zur Albatros, die wie versteinert schief im Eis liegt. Von den zusammengerafften Segeln hängen dicke Eiszapfen herab. Undenkbar, dass sie einmal pfeilschnell durch die Wellen geglitten ist.

Unter meinem Stiefel zerbricht die Eisdecke einer Pfütze knirschend in unzählige Teile. Irgendein armer Tropf hat sich die Mühe gemacht den ganzen Hafen vom Schnee freizufegen. Eine Sisyphusarbeit. Schon jetzt treibt die steife Brise wieder klumpige Flocken vor sich her.

«Schon Sehnsucht?»

Ich fahre herum und erkenne sofort die dicke, rotädrige Knollennase inmitten des Zauselbartes. Chevalier. Ich zucke teilnahmslos die Schultern.

«Wie eilig hast du es denn?», bohrt er weiter, die Hände tief in seinem Mantel vergraben, der von schmierigen Flecken verdreckt ist.

«Ihr wollt mich ja nicht mitnehmen», gebe ich zurück.

Er holt seine Pranke hervor und streicht über seinen Bart.

«Sagen wir, meine Situation hat sich verändert.»

Meine Augen verengen sich, sodass ich sein komisches Grinsen nur durch meine Wimpern sehe. Er scheint wie ein Schatten.

«Einer meiner Matrosen ist den Pocken erlegen. Armer Teufel.»

«Sehr bedauerlich», stimme ich wenig mitfühlend zu. Ich habe einige Männer dahinsiechen sehen. Wenn ich sie alle betrauern wollte, käme ich zu nichts anderem.

«In der Tat. Aber», er deutet mit dem Finger in mein Gesicht, «umso besser für dich.»

Ich straffe die Schultern und fühle das energische Klopfen in meiner Brust.

«In zwei Wochen schlagen wir eine Rinne in das Eis. Dann setzen wir Segel.» Ich nicke interessiert aber abwartend. «Ab morgen beziehen die Männer wieder ihre Kajüten an Bord. Keine Kosten, verstehst du? Aber ich segle äußerst ungern in Unterbesetzung.»

«Ich soll für Euch anheuern?»

Chevalier nickt.

«Wenn du dich gut anstellst, kriegst du zwei Taler am Tag. Im März sind wir in Saint-Domingue. Was sagst du?»

«Wo ist der Haken?» Seine Meinungsänderung kommt überraschend.

«Der Haken?», plärrt er mürrisch. «Es gibt keinen. Die Kleine geht mir allmählich auf die Nerven, das ist alles. Deshalb frage ich dich jetzt zum letzten Mal. Bist du dabei?»

Gwen bettelt, dass ich bei ihm unterkomme? Meine Kiefer pressen sich aufeinander. In zwei Wochen endlich wieder auf See zu sein, klingt allerdings fantastisch. Keine Fischsuppe mehr. Keine Mädchen mehr. Nie wieder Lenny. Endlich mal gute Aussichten.

«Ich bin dabei.»

Am liebsten würde ich mit der Faust gegen die Türe schlagen. So heftig, dass sie fast aus den Angeln bricht. Die Wut bringt meinen Arm zum Beben, als ich ihn hebe. Mit Mühe kann ich mich zurückhalten. Meine Fingerknöchel berühren schon beinahe das Holz, als ich innehalte.

Was tue ich hier? Ich sollte friedlich in meiner Koje liegen, mich ausruhen, bevor ich morgen an Bord der Brochet gehe. Aber meine Manieren erlauben es mir einfach nicht, ohne mich ordnungsgemäß bei Gwen zu bedanken, das Gasthaus zu verlassen. Also stapfe ich nach ewigem Ringen mit meinem Gewissen wieder einmal nachts durch die Kälte. Eine Anstellung als Nachtwächter hätte ich annehmen sollen. Aber ich bin kein Nachtwächter. Ich bin allen Falls ein Durchreisender. Nichts weiter als ein Jungspund auf der Flucht vor seinem Elternhaus, seiner Vergangenheit. Und St. Harbour ist mit Gewissheit nicht der sichere Hafen, den ich mir vorgestellt habe.

Eine dichte Atemwolke steigt vor meinem Gesicht auf. Ich sollte nicht hier sein. Ich sollte es gut sein lassen. Denn ich habe ihr nichts weiter zu sagen. Es ist nett von ihr gewesen, Chevalier noch einmal um eine Anstellung zu bitten, aber mehr auch nicht. Entschlossen drehe ich mich wieder um. Ich entferne mich langsam vom Eingang des Badehauses. Ein Schritt. Dann noch einer. Lautlos rieseln die Schneeflocken auf meine Schultern. Der harsche Wind zerstäubt sie noch in der Luft zu feinen Körnchen. Das Licht meiner Laterne verleiht ihnen einen hauchfeinen Glanz und meine Stiefelsohlen knirschen über dem gefrorenen Schlamm.

Die Tür quietscht.

Abrupt bleibe ich stehen. Den Blick auf meine Stiefelspitzen gesenkt, atme ich schwer. Ich kann förmlich sehen, wie das Eis meine Sohlen festhält. Meine Füße sind so steif, dass ich sie nicht bewegen könnte. Selbst wenn ich wollte. Über meine Schulter hinweg erkenne ich Gwen im Gegenlicht. Der Wind peitscht den Rock um ihren schmalen Körper. Ich ziehe die eisige Luft ein. Was tue ich nur? Gehe ich zu ihr, muss ich sie ansehen und ich bin nicht sicher, was mich dann erwartet. Gehe ich fort, kann ich morgen neu anfangen.

Ich kehre um. Gwen weicht zur Seite und schließt dann hinter mir die Tür, bevor ich es mir erneut anders überlegen kann.

«Was ist das?»

Meine Worte klingen dumpf in dem feuchten Raum. Der riesige Kristall vor mir bricht das Licht der Laternen in tausend Farben.

«Ein Ofen», erklärt Gwen und tritt neben mich. «Ein Seelenofen.»

Sie hat mich über einen steilen Abstieg hinab in den Keller des Badehauses geführt, ohne mich überhaupt zu Wort kommen zu lassen. Hier unten gibt es nichts weiter als bergeweise Heu und Stroh für den armen Esel, der in einer Ecke die Wassermühle in ewiger Ruhe umrundet und eben diesen unwirklichen Riesenkristall in der anderen Ecke. Keine Verabschiedung, dafür neue Geheimnisse und dieses Teil sieht nach allem aus, aber nicht nach einem Ofen. Skeptisch betrachte ich Gwens Gesicht. Ihre Züge sind angespannt. Ich sehe die Abscheu in ihren Augen. Abschätzig betrachtet sie das schimmernde Glas, in dessen Innerem trübe Dämpfe schwelen.

«Was soll das sein, ein Seelenofen?», frage ich mürrisch und ärgere mich noch mehr über mich selbst. Erstens: Ich hätte nicht kommen sollen. Zweitens: Ich hätte sofort meine Verabschiedung durchziehen sollen. Drittens: Es sollte mir vollkommen egal sein, was dieses blöde Ding dort ist und was Gwen damit zu tun hat und was sie mir sagen will und überhaupt sollte sie mir egal sein.

Gwen schließt einen kurzen Moment die Augen.

«Evan, ich kann nicht zurücknehmen, was ich gesagt habe und das sollte ich auch nicht. Du bist hier nicht sicher und das mit uns ...», sie sucht offenbar nach den richtigen Worten, «ist vollkommen unmöglich. Aber ich will dir erklären, wieso.»

«Woher der Sinneswandel?»

«Du weißt doch, dass ich diese Dinge tun kann», fährt Gwen unbeirrt fort, als würde die Beantwortung meiner Frage sie aus dem Konzept bringen können, und wirft mir einen verunsicherten Blick zu.

Ich nicke zustimmend. Wie könnte ich das auch vergessen?

«Meine Mutter konnte das auch. Hat zumindest mein Vater behauptet. Er meinte, dass seit Jahrhunderten in jeder Generation der mütterlichen Seite meiner Familie jemand diese Kräfte besaß.» Gwen tritt einen Schritt auf mich zu. Sie mustert mich prüfend, während ich vor mich hinnicke und gespannt auf den springenden Punkt warte. «Um den Kräften abzuschwören, muss man ein spezielles Ritual mit jemandem aus der direkten Vorgängergeneration vollziehen, der ebenfalls solche Kräfte besitzt.» Sie atmet tief ein. «Meine Mutter war eine Schamanin der Beothuk. Ich kann mich nicht an sie erinnern. Einwanderer haben ihr Dorf angegriffen und sie getötet, als ich vier Jahre alt war.» Entgeistert starre ich sie an. «Ich hatte keine Chance mich davon zu befreien, verstehst du?»

«Aber», meine ich irritiert, «Dinge wie von Zauberhand bewegen zu können, ist doch gar nicht so schlimm.» Eher praktisch, wenn es nach mir geht.

«Das natürliche Gleichgewicht sorgt immer dafür, dass eine gute Eigenschaft auch eine schlechte Seite mit sich bringt.»

«Und was hat das mit diesem Ofen da zu tun?» Mein Blick zuckt hinüber zu dem funkelnden Kristall, in dem nun schwarze Schatten herumwirbeln. Was hat das alles mit mir zu tun? Nach und nach verliere ich die Geduld.

«Es gibt einen Fluch.» Gwen schluckt schwer, während sich meine Augenbrauen utopisch weit in die Höhe ziehen. «Mein Vater hat mir davon erzählt, kurz bevor er starb. Damals hat mich das wenig gekümmert. Ich meine, ich war ja noch so jung und ich habe es für einen Spaß gehalten. Wie Väter eben sind, die ihre Kinder immer behüten wollen und ...»

«Gwen!», fasse ich sie energisch an den Schultern und beende so ihr Herumgezappel.

«Der Kristall erzeugt Hitze durch die Seelen, die in ihm gefangen sind», erklärt sie schließlich mit gesenktem Blick. «Diese Hitze beheizt das Badehaus selbst im tiefsten Winter.»

«Und wie kommen diese Seelen in den Ofen?» Muss sie denn immer in Rätseln sprechen? Eine einfache Erklärung würde es doch wohl auch tun.

«Durch einen Kuss», gesteht sie kleinlaut, «Durch den Kuss einer Ogimah, um genau zu sein.»

«Und was soll eine Ogimah jetzt schon wieder sein?» Ich stemme die Hände in die Hüfte.

«Ogimah bezeichnet eine Frau mit übernatürlichen Kräften.» Gwen sieht mir ins Gesicht und das Blau ihrer Augen verschwimmt in Tränen. Hilflos klammert sich ihre rechte Hand in den linken Arm und quetscht ihn so fest, dass ihre Fingerkuppen weiß anlaufen. «Verstehst du denn nicht, was ich dir sagen will?»

«Du bist eine Ogimah?», antworte ich gedehnt. Ich denke erschreckend lang über meine eigene Feststellung nach. Gwen, eine Frau mit übernatürlichen Fähigkeiten. Eine Frau, deren Kuss Seelen in einen Ofen bringt, um das Badehaus zu befeuern. «Das ist deine Arbeit für Giroux!», fällt es mir wie Schuppen von den Augen. «Du feuerst mit deiner Gabe den Ofen an.»

Deshalb lässt er sie mit all diesen Männern allein. Deshalb hat sie diesen seltsamen Typen nach oben gebracht, sich mit Olivier verabredet, die Rumschnauze geküsst.

«Monsieur Giroux wusste von dem Fluch, als er meinem Vater …», schluchzt Gwen und wischt sich wild mit dem Handrücken über die Wangen, um die Tränen aufzuhalten.

Ich strecke meine Hand nach ihr aus und berühre ihr glänzendes Haar, das wie fein polierter Onyx schimmert. Weich fließt es unter meinen Fingern hindurch, die nun unbemerkt zu ihrer Wange wandern und dort den letzten feuchten Glanz wegwischen. Wie nur hatte ich mir vorstellen können, sie einfach zurückzulassen? Habe ich wirklich gedacht, ich könnte sie einfach vergessen? Sie aus meinen Gedanken verbannen?

Den Kopf in meine Handfläche geschmiegt, hebt Gwen den Blick und lässt ihn zwischen meinen Augen hin und her zucken. Meine Fingerspitzen verwirren sich in ihren Haaren, während ich mich im Blau ihrer Augen verliere. Ich brauche das Meer nicht.

«Was passiert, wenn die Seelen in den Kristall kommen?», flüstere ich atemlos.

«Wer seine Seele verliert, wird ein Sklave dieser Stadt. Vor dem Eis fährt er durch die Meere auf der Suche nach neuen Männern, um ihre Seelen zu opfern. Und im Winter, wenn das Eis den Ozean erstarren lässt, kehren die Verdammten in ihren heiligen Hafen zurück.»

St. Harbour. Heiliger Hafen. Mir ist es, als würde ich von der Albatros hinab in eiskaltes Wasser springen. Mein Herz zuckt derart schmerzhaft zusammen, als würde ein Schürhaken zwischen meine

Rippen gepresst. Die Kälte fährt mir in alle Glieder.

«Da hat der alte Giroux ja einen bequemen Weg gefunden, sein Geschäft am Laufen zu halten», schnaube ich.

«Die Seelen verleihen Monsieur Giroux Macht. Sie nähren ihn mit den Hoffnungen und Erlebnissen, die sie in der Welt sammeln und über den Winter vergessen.»

«Du meinst, die Verdammten können sich nicht mehr daran erinnern, was sie das ganze Jahr über getan haben?»

Gwen nickt.

Deshalb weiß Lenny nichts mehr von den alten Geschichten. Er hat seine Seele an Giroux verloren, an den Ofen, an Gwen.

«Monsieur Giroux stammt aus einer sehr alten Schamanenfamilie. Doch seine Kraft ging verloren, weil er sich dem natürlichen Gleichgewicht widersetzte und nun will er sie um jeden Preis zurückerlangen.»

Aus dem Kristall dringt ein dumpfes, hölzernes Pochen. Ein rhythmisches Schlagen wie ein Herzschlag. Wie mein Herzschlag, der mit jeder Sekunde schneller geht.

«Du bist nicht wie sie, Evan», sagt Gwen leise. «Du bist anders.» Sie entfernt sich zwei Schritte, löst sich aus meiner Berührung und ich weiß augenblicklich nicht mehr, was ich mit meinen Händen anfangen soll. «Sie sind widerwärtig, weißt du? Echte Kerle eben», spuckt sie. «Behandeln ihre Frauen wie Dreck, vergnügen sich in jedem Hafen mit einem anderen Mädchen. Und am Ende lachen sie über dich, spucken dich an, geben dir hässliche Namen und stehlen dir den letzten Taler.» Sie dreht sich ruckartig zu mir herum. «Du bist anders. Und Giroux darf deine Seele nicht bekommen.»

Ich bewege mich ein Stück auf sie zu. So weit bis ich so dicht vor ihr stehe, dass sie nach oben sehen muss, um mir in die Augen zu schauen.

«Wieso nicht?»

«Es ist die letzte Zutat, die ihm noch fehlt. Eine gute Seele, die freiwillig bereit ist sich einer Omigah zu opfern.» Sie legt vorsichtig ihre Hand auf meinen Arm, als ist sie sich nicht sicher, was danach passiert.

Doch die Wärme ihrer Hand ist nicht beruhigend oder angenehm oder erfüllend. Sie ist falsch. Mein Atem geht flach. Ein tauber Schwindel überfällt mich.

«Gwen, ich bin ...», setze ich an, versuche mich ihrer Hand zu entziehen, aber ich bringe es nicht fertig. Weder das eine noch das andere.

«Du kümmerst dich, Evan. Du bist besorgt, du hast dich für mich eingesetzt vom ersten Tag an, was im Übrigen noch nie jemand getan hat. Du bist kein Seemann wie die anderen und deine Seele gehört nicht in diesen Kristall.»

«Ich habe ...», keuche ich und schaffe es endlich, mich loszureißen. Ich wirble herum, weil ich ihrem Blick keine Sekunde länger standhalten kann. «Ich habe etwas Furchtbares getan, Gwen.»

Ich kann es nicht länger vor ihr verbergen. Sie soll die Wahrheit wissen. Die ganze grausame Wahrheit. Den Grund meiner Flucht. Das ganze Ausmaß meiner teuflischen Seite soll sie sehen. Ich bin nicht die gute Seele, für die sie mich hält. Ich bin alles andere als das und wie kann sie mich dann verschonen? Vielleicht gehört meine Seele viel mehr in diesen Ofen als irgendeine sonst? Und wenn ich verdammt wäre, dann hätte ich einen Platz, eine Aufgabe und irgendwie auch ein Zuhause.

«Es geht nicht darum, was du getan hast», widerspricht sie mir und kommt mir so nah, dass ich die Augen schließen muss. «Es geht um das, was du in dir trägt.»

Ihre Hand legt sich auf meine Brust. Direkt auf mein Herz, das ihr jeden Moment entgegenspringen will. Ich schüttle vehement den Kopf.

«Ich habe meinen Bruder getötet», presse ich mühsam hervor. In dem Moment als ich die Augen öffne, um ihren Schock zu sehen, ihre Angst, ihre Verachtung, die mich endlich von ihr befreien kann. Aber da ist nichts. Nichts als eine leise Spur Verwunderung.

«Sagtest du nicht, du hättest keine Geschwister?»

«Mein Cousin Peppin, er ist … er war mein Halbbruder. Der Sohn meines Vaters», hasple ich.

Gwen legt ihre Hände zu beiden Seiten an meinen Kopf und zwingt mich, ihr ins Gesicht zu sehen. Ich weiß nicht, wie ich ihrem forschenden Blick ausweichen kann. So sehr ich mich auch auf ihre Nasenspitze, ihre Lippen, das milde Rot auf ihren Wangen, die Haarsträhnen in ihrer Stirn zu konzentrieren versuche, gleitet mein Blick doch immer wieder zu ihren wachen, von dichten Wimpern umrandeten Augen. Erschöpft und mit einem zittrigen Seufzen lasse ich das Kinn auf meine Brust sinken, als sich ihre Stirn gegen meine lehnt.

«Ich habe ihn nicht wirklich umgebracht. Nicht eigenhändig. Aber ich habe ihn wissentlich in eine Falle laufen lassen, die für mich bestimmt war und …»

«Weißt du noch, was ich über das natürliche Gleichgewicht gesagt habe?», unterbricht sie mich und streicht mit ihrer Fingerspitze meine Wange entlang.

Ich nicke mit geschlossenen Augen. Nur ein bisschen, damit sie nicht gezwungen ist, sich zu entfernen.

«Niemandes Seele kann vollkommen gut oder böse sein. Entscheidend ist nur, welche Seite überwiegt.» Ihre Fingerspitzen streichen durch mein Haar. «Ein sehr großer Teil von dir glaubt an das Schlechte, Evan. Aber ein noch viel größerer weiß, dass er mit diesem Schlechten nicht leben kann.» Ich schlage die Augen auf und werde verschlungen von diesem Blau. «Du bist der letzte fehlende Teil, um Giroux' Macht wiederherzustellen.»

Es ist, als erhelle jemand den Raum vor meinen Augen mit abertausenden Laternen. Mit einem Schlag ist alles klar.

«Deshalb sollte ich mit dir arbeiten.» Gwen nickt. «Deshalb solltest du dich um mich kümmern, als ich krank gewesen bin. Er hat gehofft, dass wir ...»

«Ja», nickt Gwen abermals. «Glaub mir, ich wollte dich nicht verletzen. Nicht so. Aber ich dachte, du könntest St. Harbour verlassen, ohne darüber nachzudenken, was hätte sein können.» Sie stößt ein leises Seufzen aus. «Ich dachte, wenn ich dich vor den Kopf stoße, kann ich dich beschützen. Aber die Wahrheit ist, dass ich allein die Vorstellung, dass du nicht mehr hier bist, kaum ertrage und es tut mir unfassbar leid, dass ich dich in diese Gefahr bringe.»

Ich nehme ihre Hand in meine und hole aus meiner Manteltasche das Amulett hervor, welches ich geschnitzt habe.

«Die Wahrheit ist, dass ich die Vorstellung, ohne dich an einem anderen Ort zu sein, nicht ertragen kann», sage ich und drücke ihr sanft das Holzstück mit dem Masineh-Baum in die Handfläche.

Auch ohne sie anzusehen, weiß ich, dass ein kleines Lächeln auf ihren Lippen liegt. Ich streiche über ihr Haar, über ihre Wange, lasse sie ihren Kopf in meine Hand legen und fühle mit jeder Faser meines Körpers, dass ich keinen Ort brauche, um mich zuhause zu fühlen.

Es ist eigenartig, dass sich Sekunden wie ganze Tage anfühlen können.

Gwen sitzt neben mir auf dem zusammengeschnürten Stroh und gemeinsam starren wir in das vernebelte Glas des Kristalls.

Wie fühlt man sich, wenn man seine Seele verliert? Merkt man einen Unterschied?

In ihren Händen dreht und wendet sie das Amulett. Immer wieder streicht sie mit dem Daumen über die bearbeitete Fläche, umfährt die Strukturen des Baumes.

«Was wird er tun, wenn er seine Kräfte wiedererlangt hat?», frage ich.

«Die Einwanderer haben unser Volk ausgerottet. Es wird erzählt, die weißen Männer hätten seine

Frau geschändet und ihren aufgespießten Kopf an einem ihrer Schiffe aufgehängt. Wenn er seine Kräfte zurückgewinnt, wird er alles daran setzen, es ihnen heimzuzahlen und jedem anderen, der sich auf ihre Seite stellt.»

«Sie haben auch deine Mutter getötet.»

«Ja, aber ich war noch zu jung. Die Einwanderer haben mir mehr gegeben, als sie mir genommen haben. Mein Vater war einer von ihnen.»

«Also bist du hier genauso wenig sicher wie ich», konstatiere ich.

«Nein, Evan.» Gwen fährt zu mir herum und wedelt mit ihrem Zeigefinger vor meinem Gesicht hin und her. «Denke nicht einmal darüber nach.»

«Ich werde hier nicht ohne dich weggehen», spreche ich aus, was wir beide ohnehin gedacht haben.

«Mach es nicht noch schwerer, als es ist.»

«Ich werde hier nicht ohne dich weggehen. Das schwöre ich dir. Bei meiner Seele.»

Auf Gwens Gesicht zeigt sich die Spur eines gerührten Lächelns.

Mein Blick zuckt hinüber zu dem Kristall. Es wird nicht einfach, niemals in Versuchung zu geraten, diese Lippen zu küssen. Aber sie zu befreien ist wichtiger, als mein eigenes Glück.

Ein Klopfen. Schwere Schritte poltern direkt über unseren Köpfen.

«Was ist das?», fahre ich zusammen.

Die Schatten wirbeln aufgeregt in dem Stein herum. Sie sind so dunkel und schnell, dass sie ihn schwarz färben. Mich packt die kalte Gänsehaut im Nacken und ohne genauer darüber nachzudenken, nehme ich Gwen bei der Hand.

«Komm mit!», befiehlt sie und ich lege keinen Wert darauf, ihr zu widersprechen.

Sie zerrt mich zur Tür. Ich packe die Klinke, reiße das Türblatt auf und gerate ins Stocken. Lennys Augen funkeln im Dunkel des Vorraumes. Die Laterne in seiner Hand scheppert, so zittert er.

«Wen haben wir denn da?», fragt er gedehnt und mit einem spöttischen Grinsen im Gesicht.

Ich höre das Knirschen seiner Zähne. Gwens Hand schließt sich sofort fester um meine und ich verschränke meine Finger mit ihren.

«Wir hatten eine Verabredung», sagt Lenny zu Gwen und reckt das Kinn ein Stück höher. «Du wolltest zu mir kommen. Hast du das vergessen?»

Gwen schweigt und hält seinem lauernden Blick mühelos stand.

«Hast du es vergessen?», schreit Lenny. Er packt Gwen an den Haaren und zerrt sie zu sich.

Sie schreit unter seinem Griff auf, doch Lenny reißt sie aus meiner Hand. Wie ein Aal versucht sie sich, unter seiner Pranke hinweg zu winden.

Ich schnelle nach vorn. Meine Hand erreicht kurz seinen Arm, als er auch schon mit der Laterne nach mir schlägt. Das heiße Metall frisst sich in meine Haut.

«Das geschieht dir ganz recht!», donnert er. Gwen wehrt sich mit Tritten, versucht, ihn in die Hand zu beißen, aber Lenny zerrt ihren Kopf an den Haaren zurück. «Ich habe dir doch gesagt, dass du mir gehören wirst.»

Lenny drückt seinen Mund auf ihren. Gwen zappelt, weicht zurück, schlägt ihm mit der Faust gegen das Ohr. Ohne Erfolg. Dann beißt sie ihn. Das Blut tropft von seinem Kinn herab, als er zurückweicht und sie einen Moment irritiert anstarrt. Ich erkenne meine Chance.

Die Wut fährt mir in die Glieder und ich eile ihr ungestüm zu Hilfe. Ich ziehe Lennys Degen aus dem Halter. Aber die Klinge verkeilt sich im Gemenge. Seine Laterne trifft mich erneut. Sie knallt gegen meinen Schädel, fliegt neben mir zu Boden. Das Glas zerbricht dicht neben dem Futterhaufen des stummen Esels.

Ich bekomme keine Luft. Keuchend stütze ich mich hoch, versuche, alle Kräfte zu versammeln und bin doch wie gelähmt. Ein feuriger Schmerz zuckt hinter meiner Stirn.

Lenny holt zu einem Tritt aus. Kräftig stößt er seinen Fuß in meinen Bauch.

Ich keuche auf. Alle Luft presst sich aus meinem Körper. Nicht aufgeben! Ich zwinge mich aufzusehen. Unter verschwommenem Blick suche ich fieberhaft nach Gwen. Lenny schleppt sie durch die Tür.

«Verschwinde von hier!», lese ich auf ihren fahlen Lippen.

Mit einem heftigen Knall wird die Tür ins Schloss geworfen. Dann ein Poltern.

Hastig rapple ich mich zusammen und arbeite mich kriechend zur Türe vor. Ich schlage die Finger ins Holz, versuche mich emporzuziehen, die Tür zu öffnen. Doch sie ist verriegelt.

«Gwen!», brülle ich.

Meine eigene Stimme ist mir fremd.

«Gwen!», schreie ich nochmals, reiße an der Klinke herum, während neben mir die Flammen schon schwarze Narben in das Holz brennen.

Ende

Band I

Über die Autorin

Ich bin Tessa Millard. Ich wurde 1995 in Thüringen geboren und entdeckte schon in der Grundschule meine Leidenschaft zu fantastischen Geschichten. Seit 2016 veröffentliche ich Fantasy- und Science Fiction Romane als Selfpublisherin und schreibe dabei über Welten, die von unserer eigenen nie weit entfernt sind und die Liebe, die uns mit ihrer eigenen Magie verzaubert.

Dir hat mein Buch gefallen? Teile deine Meinung mit der Welt. Eine Rezension beim Onlinehändler deines Vertrauens ist für mich als Selfpublisherin eine große Unterstützung.

Webseite
www.tessa-millard.de

Social Media
facebook.com/TessaMillardAutor
instagram.com/tessa.millard.autorin

Immer auf dem neusten Stand bleiben? Scanne den Code und du kannst dich zu meinem kostenlosen Newsletter anmelden.

Gwen ist verschwunden und Evan bleiben nur noch wenige Tage, um St. Harbour zu verlassen. Mit eisernem Willen und Unterstützung durch Tinna und Jakub setzt er alles daran, Gwen vor den anderen Seemännern zu finden. Aber wird er sie auch retten können? Und wenn ja, zu welchem Preis?

Erhältlich ab Mai 2019 als E-Book und Taschenbuch

Auf Nacht folgt Tag

Als Edwina sich mit den Mädchen anfreundet, die gerade neu in die Stadt gezogen sind, wittert sie ihre große Chance auf einen aufregenden letzten Sommer in Scherinburg. Allerdings ist es keineswegs Zufall, dass die neuen Freundinnen ausgerechnet jetzt in der Stadt auftauchen: Edwina ist ihre letzte Hoffnung.

Erhältlich als E-Book und Taschenbuch